工业设计专业教学丛书

产品设计程序与方法

PRODUCTS DESIGN PROGRAM AND METHOD

——产品设计(1)

何晓佑 编著

中国轻工业出版社

图书在版编目（CIP）数据

产品设计程序与方法——产品设计（1）/何晓佑编著.
北京：中国轻工业出版社，2010.2
工业设计专业教学丛书
ISBN 978 - 7 - 5019 - 2301 - 4

Ⅰ. 产⋯　　Ⅱ. 何⋯　　Ⅲ. 产品 – 设计 – 教材
Ⅳ. TB472

中国版本图书馆 CIP 数据核字（2000）第 10261 号

责任编辑:施　纪　　李　颖
策划编辑:李宗良　　责任终审:滕炎福　　封面设计:吴　翔
版式设计:赵益东　　责任校对:郎静瀛　　责任监印:张　可

出版发行:中国轻工业出版社(北京东长安街 6 号,邮编:100740)
印　　刷:三河市世纪兴源印刷有限公司
经　　销:各地新华书店
版　　次:2010 年 2 月第 1 版第 10 次印刷
开　　本:889×1194　1/16　印张:5.25
字　　数:120 千字
书　　号:ISBN 978-7-5019-2301-4　　定价:30.00 元
邮购电话:010-65241695　　传真:65128352
发行电话:010-85119835　85119793　　传真:85113293
网　　址:http://www.chlip.com.cn
Email:club@chlip.com.cn
如发现图书残缺请直接与我社邮购联系调换
100121J1C110ZBW

《工业设计专业教学丛书》
编委会

序

中国的工业设计是从教育界发轫的。这是 20 年前的事了。当时国内刚刚开始经济改革，有几所美术设计院校的有识之士注意到设计教育改革的必然，设法寻求国际交流与合作，以期引进先进的设计教育思想，改变自身的封闭和落后。经邀请，世界各国设计专家前来讲学指导，我国分批派出中青年教师出国学习深造，近年来设计教育终于有了很大的改观。一些工程院校对开设工业设计专业的热情，更使工业设计教育达到了 200 所左右的规模。这是一个十分可喜的现象。随着专业的调整，还将有一些机械类学科已经或正在酝酿开设工业设计专业。迅速崛起的民办院校也正在制定或已经实施这种计划。在这种情况下，不仅有师资队伍不足的困难，而且缺少教材和参考书的矛盾也十分突出。

中国轻工业出版社深知这种需求。多年来积极促进《工业设计专业教学丛书》的编写出版工作。赵济清社长亲自带领编辑到无锡轻工大学组稿。

无锡轻工大学是全国最早设立产品设计专业的院校，理应承担这一重任。于是，联络了江、浙、沪几所兄弟院校：上海交通大学、南京艺术学院、浙江大学、中国美术学院等的同行一起编写这套丛书。这几所院校在教学上有某些类似之处，较易协调，形成完整性。丛书暂定 15 册，针对目前工业设计教学需要，以 3 册产品设计为核心，涉及设计理论、艺术和工学基础、设计表达和计算机辅助设计、相关知识和相关设计等内容。

在编写这套丛书过程中，发现比预想的难度更大。其一是这些编写者全是大忙人，教完书还得做设计、谈生意，坐在椅子上的时间有限，进度严重受阻；其二是编写内容的把握上存在困难。编写者大多数喝过洋墨水，回国时照搬的多。十多年来努力根据国情调整，希望编出既反映国际上前沿发展动态，又较为适合我国社会实际的内容来。但苦于社会上对工业设计的回响是雷声大、雨点小，企业在引进技术的同时，设计上摆脱不了模仿的短期行为，自主开发少，全社会工业设计实践的积累不足，写作时就有点勉为其难了。随着向 21 世纪的跨越，时代发生了极大的变化，世界上新的设计观念、设计方法和手段对设计教育冲击很大，进一步变革已在所难免。

鉴于这种情况,要想等待完善了再编写是行不通的,远水解不了近渴,不如写了再说。不过,作者们还是怀着极大的责任心要努力把书写好。既总结自己和相关院校多年办学的经验教训和体会,又尽量吸收国际上的最新动态,并结合各种设计案例和教学案例进行解说,以满足设计教学的实际需要。

　　我们不认为这套丛书提供了某种教学模式。急于肯定一种教学模式,或者说在中国寻求工科类和艺术类两种教学模式都是不可取的。

　　工业设计教育始终呈现动态的、多元的状态。当然,这并不是说工业设计无章可循。我们尽量寻找那些带根本性和共通的东西,或者说寻找规律性的内容,以期对工业设计教学提供较大的参考价值,给企业界和自学者带来帮助。同时,我们期望来自各方的批评意见,以便今后进一步修订。

刘观庆
1999 年 7 月于无锡

前　言

我国设计教育界通过20多年的努力,人们对工业设计的概念已不再模糊不清,工业设计教育如雨后春笋般地在我国蓬勃发展起来。工业设计师的职业也正在工厂和社会上逐步确立了自己的地位。随着我国经济的发展,工业设计行业的前景必将更加光明。

工业设计作为一门二级学科,它有一套完整的教学体系,各门课程之间有着必然的联系。由于专业设计的一套课程是个由浅入深的过程,所以在不少学校将专业设计课程分为设计(1)、设计(2)、设计(3)。设计(1)主要解决设计的一般概念和一般程序与方法,设计(2)主要解决设计的思维和新产品开发能力,设计(3)主要是学习如何进行系统设计。

本书论述的是专业设计课程的第一阶段教学内容,主要是解决设计的概念和一般程序与方法。作者结合本人的设计实践经验和其他论著的有关内容,力求通俗易懂地解释设计的概念,阐述步入设计的程序和展开设计的一般方法。

本书适用于专业院校进入专业学习的学生使用,也适用于专业设计公司和工厂的设计师和其他自学人员使用。

本书的结构是按实际授课需要组织的,作为工业产品造型设计专业的教材,本书共分为四章。第一章主要是对工业设计作一个基本的概述,使学习者对工业设计有一个基本的认识,对学习者自身有一个基本的要求;第二章主要是阐述了工业产品造型设计的基本程序与方法,使学习者了解步入设计后的工作过程;第三章主要论述了工业产品造型创意的重要性和基本方法,使学习者充分认识到创意思维在设计中的重要作用并掌握构思的一般方法;第四章提纲性地论述了工业产品造型设计中应该遵循的基本法则,使学习者在科学的范围内沿着正确的道路从事设计。

作为专业设计课程教材的完整性,学习中还应该配以设计练习。这是巩固已学知识的必不可少的一个环节。不同的学习者可以根据不同的情况确定不同的课题,更可以结合实际工作需要,将实际设计项目结合到学习中来,将实际设计项目按设计程序完整地走一遍,一定获益匪浅。一般情况下,在院校的教学中常采用典型课题的练习方法,比如:"设计一个将人舒适托起的东西","设计一种能提醒人的器具","根据'交'的含义设计一个器物","根据'切'的含义设计一种工具"等等。课题可以有很多种,但要给设计者留出一定的思维空间,从市场调研入手,展开设计。有关设计课题,本书没有展开讨论,因为这些课题只是本书作者的教学补充,不同的教授者有不同的思考,当然可以选择不同的课题,只要对学生学习有帮助,都是好的。

目 录

第一章 概 述

工业设计是从 20 世纪初发展起来的一门独立的学科。1919 年包豪斯（Bauhuas）学院的建立，标志着现代工业设计基本观念的诞生，包豪斯创造的教学与实践体系，对现代设计产生的影响是非常深远的。它奠定了现代设计教育的结构基础，把对平面和立体结构的研究、材料的研究、色彩的研究三方面独立起来，使视觉教育第一次比较牢固地奠定在科学的基础上，而不仅仅是依靠艺术家式设计师个人的感觉基础上。包豪斯同时还开始采用现代材料的、以批量生产为目的的、具有现代主义特征的工业产品设计教育，奠定了现代主义的工业产品设计的基本面貌，也使包豪斯的教学成为现代设计教育的典范。包豪斯师生将现代设计由理想主义发展到现实主义，他们自身也在包豪斯这个现代设计家的熔炉中锻炼成为杰出的建筑师和产品设计师，成为现代建筑和产品设计的生力军。他们将重视功能的包豪斯思想带到其他国家，在国际设计界产生了巨大的影响，以至无论是在建筑设计、产品设计还是平面设计中都带来了一个新局面。从那以后，现代工业设计的观念在世界各地得以传播和发展，并在现实生活中发挥了极大的作用。当今世界，那些富裕的、发达的、人民生活水平较高的国家，无不重视工业设计，因为工业设计的目的是为了使人们的生活更加便利、高效和清洁，为人们创造一个美的生活环境，向人们提供一个新的生活模式。设计师们用一项项在使用方式、功能特点、视觉感受全新的产品，将人类从传统的方式中解脱出来：高速、舒适的现代化交通工具，方便、轻捷的办公信息终端，干净、整洁的电气化厨具，精密、安全的高级医疗设备，奇妙、刺激的

图 1－1 奥迪 A3
设计：德国奥迪公司

娱乐用品，便于携带的旅行用品，科学合理的教学设备，声色优美的音响组合，图像清晰的影视器材，等等。使人类在工作、学习、饮食、娱乐、旅行、保健等各个方面都进入了一个高水平的现代化生活时期。这一切，虽然都是科学技术的重大发明，但其背后都有一个工业设计的蓝图。

中国对设计的认知可以追溯到 1920 年，美术教育家俞剑华先生在其编著的《最新图案法》总论中写道："图案（Design）一语，近始萌芽于吾国，然十分了解其意义及画法者，尚不多见。国人既欲发展工业，改良制品，以与东西洋抗衡，则图案之讲求，刻不容缓！上始美术工艺，下至日用什器，如制一物，必有图案，工艺与图案须臾不可离。"这大概是中国最早提到 Design 一词的了。1921 年，我国设计界先驱陈之佛先生从日本回国，就积极宣传工业设计，在上海成立"尚美设计事务所"，这是我国第一

个设计公司。1929 年，陈之佛先生在文章中写道："工业品是间接的或直接的关切于人类的生活，其目的就是为人类生命的持续而产生的，工艺品是艺术和工业两者要素的一部的结合，以人类生活的向上为目的的。所以，工艺是适应人类日常生活的要素——'实用'之中，同时又和艺术的作用融和抱合的一种工业活动。"

20 世纪二三十年代，第一次世界大战后西方的经济发展正大规模兴起，艺术设计运动已从莫里斯的艺术手工艺运动发展成为主张工业技术与艺术完美结合的包豪斯设计运动，在西方经济和文化迅速发展的情势下，中国被迫处于国际经济循环的态势中。一批学人已明确感到中国要参与世界经济竞争，必须发展工业，发展工业艺术设计，提高产品的价值。于是，他们积极介绍外国的设计发展状况和阐释设计的重要性。可以说，20 世纪二三十年代是中国设计的萌发期。当然，这里有个时代局限性问题，那时对设计的理解还不具有 Design 的现代面貌，并且几十年来，中国工艺美术实践走上了以特种工艺为中心的道路。自我封闭使中国与世界交流甚少，没有跟上时代的步伐。因此，20 多年前，中国人对现代工业设计的概念几乎一无所知。

进入 20 世纪 80 年代，中国大陆开始了经济改革，以深圳特区为试点引进市场经济，改变长期以来垄断性的中央计划经济和单一公有制局面。为了适应新形势的需要，国家派出大量留学人员出国学习，其中也有到德国、日本、英国等国学习工业设计的学者。这批留学人员归国后，在中国高校开始宣传工业设计的基本观念，开始引进国外的工业设计教学体系，在 1982 年的全国工艺美术教育座谈会上开始确立工业设计的地位。1983 年，教育部决定把工业设计正式列为试办专业，从这一时刻开始了中国真正意义上的工业设计教育。

当国人开始用设计的眼光关注中国产品时，才发现中国在这方面的落后已到了惊人的程度。比如香港的国货公司，20 世纪 70 年代有 130 家，到了 80 年代已锐减到 58 家，而且在现有的国货公司中几乎全部经营港货、台货和日货。笔者 80 年代后期在英国进修时，在商店里几乎找不到中国制造的工业产品，即便在国内，逐步富裕起来的普通老百姓，也以购置国外工业用品为自豪。形成这种局面的原因是多方面的，但从更深的原因来说，正如华润公司市场研究部所指出的"国货产品跟不上潮流"。我国的不少产品，在结构和基本性能方面已达到较高的水平，甚至是世界先进水平的专利发明，但为什么在国际市场上跟不上潮流而毫无竞争力呢？这里有值得我

图 1-2 青蛙造型卡式收录音机 设计:韩国三星集团

图1-3　日本时装表

们深思的问题。

20世纪80年代轰动整个世界的经济事件是亚洲四小龙韩国、台湾地区、新加坡、香港地区的经济起飞。这些国家和地区无不在80年代建立了现代工业设计指导委员会或研究发展中心，全面地引进、推广、实施现代工业设计。国际经济专家概括亚洲四小龙经济发展的成功经验时，现代工业设计后来居上不仅是公认的一条，而且位居前列。中国在80年代教育界才开始接受现代工业设计的基本思想，但就整个企业界而言，现代工业设计的状况是十分滞后的。据1992年上海的一份调查报告披露：上海企业领导了解工业设计概念的仅占18.6%；上海企业把工业设计列为企业发展战略的不到11.3%；即使名牌产品，大多模仿国外设计，绝少有自己的设计。上海还是我国经济比较发达、工业比较先进的地区，上海尚且如此，何况其他地区呢！这样的状况，怎能满足全国人民日益增长的现实生活需要呢？

一批有识之士开始大声疾呼，中国工业设计界，尤其是设计教育界全面行动起来，全国几十所大专院校纷纷开设设计专业，全国各地的设计协会积极开展各类设计培训班，编辑出版各种普及性工业设计读物、杂志等，举行各种展览和评比，广泛召开国际、国内学术研讨会，开展工业设计振兴经济方面的课题研究，等等。人们越来越关注，重视工业设计这是我国新形势的客观需要。工业设计最突出的职能

和使命是发现市场需求，从现有物质技术条件出发，与各相关方面及专家合作，努力满足市场需求，并创造市场需求；使工业产品在物质功能和精神功能上以最佳状态符合、适应市场需求；努力使消费者和制造商双方都能满意。它是企业增强市场竞争力的关键环节之一，是丰富社会物质文化生活的一个重要方面。因此，抓工业设计，抓工业设计建设，是我国从社会主义计划经济向社会主义市场经济转轨的客观要求。特别是当前世界经济正在发生新的巨变，正在从工业经济转向知识经济，这对我国是新的挑

图1-4　"时空交移"表　设计：[日本]谷川宪可

战，也是新的机遇。

1998年，国家教委颁布新的《普通高等学校本科专业目录》，这一次专业目录调整力度相当大，全国各种学科门类所有高校原有的专业都大刀阔斧地进行了调整与改革，专业总数由原有的504种被压缩到259种，艺术类专业削减到仅剩20个；一些历史悠久、资格颇老的专业，如染织艺术设计、陶瓷艺术设计、装潢艺术设计等都被纳入一个共同的"艺术设计"专业中，原有的专业名称一律取消。但是，在这样的调整中，"工业设计"专业不仅未被压缩，而且成为一个与"艺术设计专业"并列的二级学科保留下来，应当说这是意味深长的。这次专业目录调整，是国家以迎接21世纪教育发展的态势而进行的事关全局的大调整，经过调整后的学科与专业的配置，在某种意义上显示着国家教委对于未来学科发展的一个基本设想：工业设计专业成为这些专业中的一项，体现了国家对于这一学科的空前重视，这是一个鼓舞人心的信号。

图 1-5 碳纤维车身的双座三轮车。设计:Conventry 大学交通工具设计系学生

第一节 工业设计的基本概念

现代工业设计的概念,可以说是现代社会中艺术与技术的变革而诞生的。

1980 年,国际工业设计协会联合会(ICSID)在法国巴黎举行的第 11 次年会上对工业设计下了如下定义:

"就批量生产的工业产品而言,凭借训练、技术知识、经验及视觉感受而赋予材料、结构、构造、形态、色彩、表面加工以及装饰以新的品质和规格,叫工业设计。根据当时的具体情况,工业设计师应该在上述工业产品全部侧面或几个方面进行工作,而且,当需要工业设计师对包装、宣传、展示、市场开发等问题的解决付出自己的技术和经验以及视觉评价能力时,这也属于工业设计的范畴。"

根据这个定义,几乎一切由机械批量生产的产品,以及为推广产品而进行的一切宣传活动,都涉及到工业设计范畴。也就是说,产品和产品系统是工业设计的主要范畴,它几乎涉及到所有关系人类生存环境的工业产品领域。

我们可以从美国工业设计大师雷蒙德·罗维(Raymond Loewy)的设计范围看工业设计的工作范畴。罗维的第一个工业设计作品是 1929 年为吉斯特纳公司设计的速印机,受到公司的好评后又接受了一系列机器设备的设计,由此创造了既提高操作效率又减少清洁面积的"流线型"产品设计。罗维的著名设计作品有:1932 年设计的"休普莫拜尔"小汽车造型;1935 年设计的"可德斯波特"电冰箱;1937 年

设计的 K45/S-1 型机车;1940 年设计的"法玛尔"农用拖拉机;1948 年设计的可口可乐零售机;50 年代,他为总统座机"空军一号"进行了色彩设计;60 年代,他作为美国国家宇航局——NASA 的设计顾问而参加了阿波罗登月计划的设计工作,对飞行心理成功地进行了研究,创造出一套行之有效的航天工业设计体系与方法。尤其是他设计的"可口可乐"标志在世界范围深入人心,成为大众化产品设计的代表。

工业设计的目标是什么呢?当然,各种设计的具体目标有所不同,但其中有共通的基本目标,那就是机能和美的统一。把某种产品或产品系统中不符合人的使用目的的因素除去,使之达到满足现代人类生理与心理需求的最高目的。满足生理就是服从科学的客观规律,满足于心理就是表现了在最初的观念中存在着求美的意向。在这里,特殊的美的原理介入了。因此,应该说工业设计是特殊的技术,是求美的生产技术这一意义上的美的技术,也就是说它有着艺术的性格。当然,工业设计不是仅仅给予现有产品表面装饰一下,既然是设计,就是一种构思与计划,以及把这种构思与计划通过一定的手段视觉化的活动过程,这个视觉化,也可以叫做形成化,是具体给予特定的形,是一个造型活动,是回到最初的出发点,进行完全新的再形成。这一特性,也许叫做工业造型设计更为明确。

在任何工业产品设计中,都存在"人与物"和"物与物"的关系。所谓"人与物"的关系,即人与产品的

关系。它通过对使用者的生理和心理直接影响的因素表现出来，这些由工业设计师解决。所谓"物与物"的关系，即产品的内部构造的关系。它不对使用者直接发生关系，表现为构造原理、零部件连接等问题，决定能否使用，由工程师解决。处理这两种关系，决定了工业设计师和工程师在现代工业中合作与分工。当今时代，许多新产品之新，不是表现在物理性能的"新发现"上，而是表现在对人体性能的新把握上，新在艺术的高度上。例如：汽车，一般的汽车性能，如果保养良好，爱惜使用，连续使用 10 年或 20 年不成问题，但为什么像美、日这样的国家，汽车能年年保持大量生产的方式呢？原因就在于其"新的外形"(Styling)上。从 20 世纪 20 年代开始，美国通用汽车公司与福特汽车公司就开始了"汽车式样"之争。年年变换车型，现在汽车的价值很大程度上取决于造型设计，这实际上是一个产品设计的思路问题。工业产品设计要符合"宜人"原则，即使人更舒适、更方便、便安全、更健康。

图 1-6　结构与外形的关系

　　德国柏林工业大学，莱因·西佛伦工业大学，达斯塔姆特工业大学，司徒加特工业大学共同设计研究的"UNICAR"型轿车

图 1-7　　MATER "ZOOM"(1992 年,巴黎)

图·1-8　韩国三星集团内部设计学院学员作品

第二节 工业设计的基本要素及相互关系

工业设计把研究对象的产品当作一个系统，运用技术和艺术的手段进行创造、构思、设计，并使一个系统转换变为连贯统一的和谐整体。实践证明，产品存在的基本条件或系统的组成要素为：功能、物质技术条件、造型形象，这三者相互联系和作用。其中矛盾的主要方面在功能上。功能是目的，物质技术条件是基础，造型形态是手段，由此构成系统与要素的对立统一。

从产品造型综合效果出发，研究系统内部各要素之间的相互关系及其规律，进而由此来把握产品形态的特征，这是综合的科学方法。丰富和演化、认识工业造型设计的依据，便是探求提高产品优良质量的有效方法。

一、功能与造型形态

因为产品是供人使用的，因此功能是第一位的，是整个设计中居主导地位的因素，对于产品的形态有着决定性的影响。早期的功能学说，是美国芝加哥学派苏利文（Sullivan）所倡导的"功能决定形式"理论，即形式必须随机而生。他认为："自然界万物皆有一定的造型。换言之，这种形式或外观，直接表明了它的本身，而且使得它与其他事物之间有区别。不论它是飞翔的鹰，或是盛开的苹果花；辛勤的马，或是愉快的天鹅；枝叶繁茂的橡树，或是蜿蜒的溪流；飘浮的云朵，乃至太阳，形式永远从属于功能而存在，这是不变的原则。"

在当时样式盛行之际，苏利文能力排众议而强调功能的主张，倡导"由内而外"的进步观念，确实具有不平凡的意义。包豪斯的原则也是沿袭这句真理，即任何一件东西，都因其功能的不同而有不同的形态。

赖特（Wright）是早期独立实现功能学说的大师。他强调：一方面重视人类的需要与感情的因素；另一方面，人与自然的和谐关系，在形态与功能并重的创作中，形态要引起精神的舒适，愉悦的心理要素，同时造型必须体现功能，有助于功能的发挥而不是阻碍。如果只重视功能而无视于形态的塑造，必将产生机械的功能主义的弊病；如果只讲求形式的表现，无视于功能的需要，则将造成虚伪的形式主义。功能与形式必须互为表里，密切结合，使造型更加完美。

在任何有意识的造型表现中，功能是判定其价值的根本。当然，随着时代的发展，功能的含义更为宽泛。我们对功能的理解应该包含以下三种基本形态：

物理功能（Physical Function）；

生理功能（Physiogical Function）；

心理功能（Phychological Function）。

物理功能是指构成形态的有关材料、结构等因素而言，不同的材料有着不同的结构，因而塑造的形态也不同，不考虑物理功能，形态很难塑造成功。例如，我们做椅子，就要考虑用什么材料、什么加工工艺，从而塑造什么样的形态。

生理功能是指构成形态与使用上的舒适及应用功能等条件的发挥。因为产品是为人所使用的，人在使用过程中如果感觉不舒服，其产品的设计就彻底失败了。例如，椅子形态再好看，人坐上去很不舒服，衣服又被夹住了，这个椅子好看又有何用？因此，设计时必须考虑人体工学的要求，以达到安全、舒适、方便的多重效果。

心理功能是指该形态的视觉美感效果。工业设计师是创造美的形态的责任者，所塑造的形态当然要使人类在精神方面产生积极的效果。因此，利用美学原理塑造美的形态是我们的工作。

功能决定"原则形象"，内容决定"原则形式"，这是现代设计的一个基本原理。任何时候设计师都要了解自己设计的产品功能所包含的内容，并使造型适应它，表现它。但是，形态本身也是一种能动因素，具有相对的独立价值，它在一定条件下会促进产品功能的改善，起到催化剂的作用。

二、物质技术条件与造型形态

结构、材料、工艺繁多为艺术造型的物质技术条件要素。它既是实现产品功能和造型的客观物质基础，又是塑造产品形象的"语言"。它给产品造型以制约，同时又给它以推动。没有适当的构造，形就"搭"不起来。例如，将质轻、极薄的纸张竖起来时，几乎受不住任何压力,但若围成圆筒,则能抵住一点压力;若再做折叠抗压力大大增强。这说明形的不同,构造的不同,其质也有变化。当然,形态与构造并不是天然就吻合一致的,但在造型设计中又必须合二为一。这就要求设计师必须把二者有机地统一为一体。

结构也受材料和工艺的制约,不同材料与加工工艺能实现的结构方式也不一样。所谓材料,是造型工作借助的某些物质。材料是造型活动开始所预定的,也是造型活动完成后自然留下来的,只不过那里已经不是材料本身的形态而转化新的造型物。设计的造型美是通过形、色、质三大因素给予观赏者以感情影响。然而,任何造型的形、色、质实际是依附于材料和工艺技术,并通过工艺技术体现出来的。

不同的材料与加工技术会在视觉和触觉上给人以不同的感觉。由于材料的配置、组织和加工方法的不同,使造型产生轻、重、软、硬、冷、暖、透明、反射等不同的形象感。因此,材料的加工,尤其是表面装饰工艺的应用,不仅丰富了造型的艺术效果,而且成为造型质量的重要标志。丹麦设计家克林特(Klint)说:"选择正确的材料,采用正确的方法去处理材料,才能塑造逼真的美。"

充分利用现代工业技术提供的条件,充分发挥材料和加工技术的优势,可以使产品造型的自由度和完整性增加,给产品带来多样化的风格与情趣。物质技术条件也要为功能服务,如果不顾功能是否需要而一味堆砌材料,必然破坏产品的协调整体感。

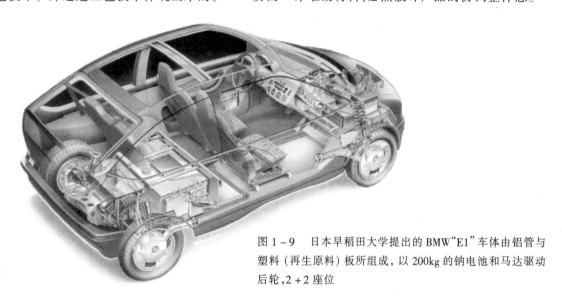

图 1-9　日本早稻田大学提出的 BMW"E1"车体由铝管与塑料(再生原料)板所组成,以 200kg 的钠电池和马达驱动后轮,2+2 座位

第三节　工业设计的社会作用

工业设计的目的,不仅仅是搞出一个可用的东西,也不仅仅是搞出一个可看的东西,设计的目的为了使人们的生活更加便利、高效、舒适和清洁,为人们创造一个美的生活环境,向人们提供一个新的生活模式。可以说,工业设计是在设计人的生活方式,是在引导人们的生活潮流。纵观当今世界,那些发达的、经济条件好的国家,无不重视工业设计。20世纪 70 年代,瑞典国家工业委员会着手组织一个专门政府机构,系统规划国家的工业设计战略。美国、意大利、日本等国均设立国家元首工业设计顾问,全国性工业设计委员会,工业设计奖以及政府的工业设计专职部门。英国前首相撒切尔夫人曾亲

自在唐宁街 10 号的首相官邸主持一个工业设计研讨会,研究制定英联邦国家发展工业设计的长期战略与具体政策,以及设计教育的投资问题。如此众多的国家和政府高级官员给予工业设计高度重视,说明设计在经济发展中已成为举足轻重的因素了。工业设计师必须以自己的设计质量向人们表明工业设计的社会作用。在这里,设计已不仅仅是技术工作,不仅仅是经济活动,不仅仅是艺术创作,而且具有指导和教育大众的职能。概括起来讲,工业设计对社会有以下几个直接的作用。

1. 设计质量的提高和对产品各部分合理的设计、组织,促使产品与生产更加科学化,科学化的生

产必将推进企业管理的现代化。现代企业不能满足于产品开发一个,生产一个。对于产品的开发,应该是生产一代,开发一代,储备一代。以这样的新产品开发战略才能使企业立于不败之地。

2. 创新的设计,能促使产品开发和更新,提高市场竞争能力、推进产品销售、增强企业经济效益。

3. 设计充分适应和满足人对产品物质功能与精神功能两个方面的要求,使企业扩大了生产范围,给人们创造出多样化的产品。既丰富了人们的生活,又使企业具备了应付市场劣势、立于不败之地的能力。

4. 设计的审美表现力成为审美教育的重要手段之一。在没有工业设计的年代,或设计落后的年代,提起欣赏艺术,人们总是去美术馆、艺术馆、影剧院。而今,工业设计师们将艺术造型融合于实用品之中,使美的观念从画布、画笔之间的狭窄缝隙中扩展出来,融入一把椅子、一支钢笔、一台电扇或一架飞机中去。优良造型设计所传达的艺术信息,远比纯艺术的绘画和雕塑多得多。它给平凡的、实用的劳动与生活过程带来了艺术的魅力。

图 1 - 10　消灭烟雾的汽车构想

5. 设计促进了社会审美意识的普遍提高,对发展人类文明有着潜移默化的积极作用。当一个社会的所有成员都努力追求使用优良设计的产品,并使之蔚然成风时,这个社会也就会成为一个文化素质较高的社会。

对工业设计重要性的认识不只是设计界内部的事,它需要整个社会的共识,设计师们担当着引导作用。当然,设计师们必须深刻理解“吸铁石原理”。设计师们须与大家站在同一起跑线上,但需稍站前一些,不断地引导人们向前走。如果相距太远,吸铁石就失去了磁性,纵然你的想法再好,也是徒劳的。

第四节　工业设计师的基本素质

由于工业设计师的工作主要是解决人与物的关系问题,因此,它直接涉及到多方面的知识,这是一个范围很广的问题。由于工业设计师的教育背景、知识结构等因素而呈现出比较复杂的状况。就一般而言,在工业的各个领域中,工业设计师都是有所侧重的,这样所从事的设计工作就容易做得比较深入,但无论你从事什么具体工作,作为工业设计师,有一些基本素质是应该具备的。

所谓素质,是指人的神经系统和感觉器官的特点。作为自然素质,主要是指记忆力、观察力、好奇

图 1 - 11　设计师讲解方案

心、爱好、兴趣等；作为精神素质，主要是指毅力与动力。毅力是一种责任感的体现，是一种坚强持久的意志；动力是推动事业前进和发展的力量。作为工业设计师的基本素质，主要反映在以下几个方面。

一、具有创新意识

对于一个设计师来说，任何一种先进的设备都只是一个辅助手段，重要的和基本的是他应具有创造性思维能力。设计创造性思维的形式主要有抽象思维、灵感思维、形象思维。抽象思维又称逻辑思维，即运用设计概念、判断、推理来反映设计构想的思维过程。形象思维又称艺术思维或直感思维，是多途径、多回路的思维，即借助具体形象来展开设计思维的过程。灵感思维又称顿悟思维或直觉思维，是在设计酝酿过程中的一种突发性思维形式，是设计灵感的表现，称为潜意识。可见，设计创造性思维是上述三种思维形式的有效综合。

作为一个具有强烈创新意识的工业设计师，他应该对具体问题有综合概括的敏感性，这实际上是一种评价能力，是判断这些事是否不全对、那些目标是否达到的一种能力，从而能去完成需要做的事情。同时，设计师思想要流畅，这是一种对设计思维速度的评价，反映了设计思路敏捷的特征。设计师丰富的思想，表现在联想的流畅，表达的流畅，最重要的是观念的流畅，从而能在限定的时间内产生出满足一定要求的观念，也就是提出解决问题的答案。工业设计师还应该具备足够的灵活性。灵活性是对设计思维广度的评价，反映了思维广度的增加，这实际上是一种抛弃旧思维方法、开创不同方向的那种思维能力。工业设计师具备较强烈的创新意识，在具体的设计工作中，就能表现出相当的独创性，这是对思维深度的评价。越具有独创性的构想，对于问题的研究就越易于产生不寻常的反应和不落常规的联想，从而按照新方法对过去的东西加以重新组织，产生全新的、科学的、先进的设计方案。

二、善于利用现有资源做好设计工作

工业设计本身是一种应用学科，作为工业设计师应该具备相当的信息收集能力、综合概括能力，善于利用其他学科的研究成果做好自己的工作。工业设计是一门边缘科学，在研究工业设计本身的科学体系时，必须对周边学科进行认识。如对市场营销学、消费心理学、美学、人机工学、仿生学、文化学、管理学、艺术学以及机械知识、电器知识、综合科学知识、医学知识，等等。因为工业设计所涉及的领域很广，知识系统越广泛越有利于设计师开展工作。另一方面，设计师要能够根据具体情况创意性地开展工作。在具体的设计中，方方面面的限制是很大的，设计师必须要有超越能力，在限制中充分利用资源做好设计工作。

三、有较强的观察能力和发现问题的能力

观察并非仅是将物体影像投射进入脑中而产生自觉影像的过程，而且要视观察之兴趣而定。在整个复杂的观察活动中，只有被观察者视为重要的物品，才能被选出来，只有通过观察，我们才能有所发现、有所思考。设计的过程是解决问题的过程，而解决问题的前提是发现问题。设计师要善于从多角度去观察事物，注意别人不太注意的点，去培养一对"设计师的眼睛"。观察和发现能力，要求设计师感悟能力要强，正如日本创学家高桥浩所述："觉察不正常的状况，觉察不调和，觉察缺点不和谐发现性；觉察欲求，觉察变化，觉察时尚课题的发现；觉察关系，觉察内在共同性的洞察力。这说明观察的类型是各异的，是由设计师潜在的感受性作用以及在搜索不寻常状态以及专心的程序复合而成。他才能搜索出设计问题的关键。"

以上所述，我们称之为工业设计师应具备的基本素质。作为从事具体工作的设计师，当然还需要很多这样、那样的素质和知识结构。下面我们简要论述工业设计师的就业范围，以便学习者在学习过程中有所参考。

（1）设计管理。在许多大的工厂和公司内，产品设计极为重要，在这种企业内通常有设计部门，这样的设计部门为独立部门，直接受企业经营者指挥。设计部门的主任就是设计管理者，这个职位还无法直接从学校中训练出来，大部分均是工作多年的设计师或工程师提升上来。设计管理者的工作主要是两个方面：其一，应对企业的设计政策负责；其二，他要协调所有部门内的设计工作。他可直接获得企业的产品计划。他有机会与企业管理者、工程部门、生产部门、财务部门、销售部门共同研究、决定产品。因此，他不应只考虑到企业的经济要求，而应代表使用者的兴趣发言；他更应该协助所有其他有关产品能保持公

图 1 – 12

"门·汽车",从"有门的箱子"这个概念出发,整个创面都是门。

设计:[西班牙]艾尔德尔·马尔杰纳

司风格。他不但要有设计知识和能力,更要了解产品计划、产品发展等有关问题,对企业经营有所了解。且作为使用者的发言人,他应对心理学有所认识。

(2)驻厂设计师。所谓驻厂设计师(Staffdesigner)就是受雇于企业,是其中的一份子。

驻厂设计师一般在企业的设计部门或技术部门工作,他们大部分都是做具体的产品设计工作,完成上级下达的设计任务。他们对自己的设计通常无权做决定。他们的工作种类及范围要视设计部门在企业内编组及产品种类而定。如果工业设计与研究发展工作比较接近,则工业设计师的工作成果被当作是一种构想。在这种情况下,这些构想即便付诸实现的可能性不大,但很多有远见的企业仍然每年花费大量的人力、物力推出自己的新构想,目的是力争领导世界新潮流。比如"概念车",就是尚未进入市场的一种设计独特且具有一定超前意识的新车型。能称之为"概念车"的,必须是能给人以启迪,能引导新观念的汽车,也许在它刚问世时,人们的欣赏观念、消费能力,甚至汽车公司的制造水准还难以承受,但它"出奇制胜"的外观、车身用材、体内设计的大胆等,往往预示着一种新潮流。当然,并不是每辆"概念车"都会最终进入市场,多数"概念车"可能永远只是人们心中的一辆"梦之车",一个长存的"概念"。

如果工业设计与销售部门比较接近,则工业设计师在此扮演销售角色,他们要想尽一切办法促使产品销售。在一些实用功能几乎无法再做改善,却要面临市场众多的产品时,产品设计师通常被称为产品化妆师或产品美容师。因为这时的主要工作是在产品的外观色彩和外观装饰上做文章。如果工业设计师被认可是产品计划的伙伴,则他所扮演的是

图 1 – 13 "鹊",急救用救护车。用柔性的圆形来表现温柔的一面,另一面用强硬的线条来表现安定感,是考虑患者感受的设计,以压缩喷射方式驱动,可在低空和陆地行走。

设计:韩国汉城大学产品设计系四年级学生

创造构想的角色。以市场研究的结果为依据，他应尽可能地设计出能畅销的产品。但在大多数企业内的工业设计师，必须直接与工程部门的技术人员以既定的经济技术限制去从事产品开发工作，有时仅做一些细部改良工作，在一些大型企业，大多数工业设计师只能从事局部设计，被称之为"细部设计师"。

(3)自由设计师。大部分活跃于企业之外的工业设计师被称为"自由设计师"(Freelance)或"咨询设计师"(Design Consultative)。他们的工作与驻厂设计师大同小异，但他们有一个好处：对企业的盲目具有免疫作用，具有更广泛的灵活性和多样性，从而具有较佳的构想。由于设计师同时替数家企业服务，故对整个设计市场情形有较佳的认识；又由于他们不是从事固定单一品种的设计，从而可能触类旁通，从多科角度提出建议。对于自由设计师来说，取得企业管理者的信任，与企业设计人员搞好关系是重要的，从而可以排除嫉妒心理，激发企业内设计观念，帮助企业内设计工作的发展。

(4)设计理论研究人员。一个从事于设计问题精神领域与研究工作的工业设计师，可提供设计工作所需的知识，可反映设计的社会意义，起到激发设计人员深化工作的作用。理论是实践的指导，就我国目前而言，其他学科的理论研究都较完善或趋向完善，但工业设计理论研究才刚刚起步，从事这方面工作的人还很少。目前学校的工业设计教育体系还不可能培养和造就设计理论人才，但是，这一工作终究要开展起来的。这是因为设计过程越来越繁杂，为了将工业设计成为最佳设计产品的工具，必须借助于设计理论的指导，特别是在发展更好的产品计划方法及构思方法方面，整个设计过程的第一步——问题发现与分析，必须做得完善，才能产生好的产品构想。另外，设计理论研究人员要从事探讨设计的社会地位、价值及意义，对于大众对设计的各种反应与期望，以设计观点加以剖析。他们的工作有助于改善不良的设计观念，指导设计师沿着正确的、为人类服务的道路前进。

(5)设计教育者。今后社会上需要大量的工业设计师，也需要整个民众提高对设计意义的理解。现今市场上品种极多，消费者面对它们苦于无从选择，大部分只好以"感性"来决定，帮助消费者"感性+理性"，这是设计教育者的任务之一。工业造型设计越来越成为一项专项技术，它不是简单的"技术+美术"，也不是随便哪个工程师或美术家都能干好的事。因此，系统的专项技术教育，是培养工业设计人员基础知识的重要途径，是设计教育人员给学生的入门钥匙，使学生掌握基本的工作方法。另外，工业设计有其时代性与流行性的特点。工业设计师要不断地补充新的信息，跟上时代潮流。因此，岗位培训、终生学习对工业设计师来说是非常重要的。设计教育人员在这方面也负有责任。

工业设计行业的不同职业，要求从业人员有不同的知识结构。作为一名工业设计师，不断完善自己、不断提高自己的素质、不断加强自身能力是非常重要的。

图1-14　圆筒型印表机，前卫的独特构想，内部的回转，并利用圆筒卷纸印表
设计：[瑞士]R. Girsberger

第五节　工业设计师的基本工作界面

　　作为专业工业设计师，必须具备相应的工作环境和工具。设计师通过这些工作界面将自己头脑中的构思表达出来，同样通过这些工作界面进行设计研究和分析，完成整个创作过程。

一、设计工作室

　　设计工作室按使用功能分为设计空间和资料存放空间两部分。两个部分应该有机地联系，以工作顺手、拿取方便为宜。设计空间以绘图台为中心，设置各种附属设备，如：可调角度绘图工作台面、卷式图柜、全开放低存放柜、文件资料抽屉、薄型笔类仪器抽屉、颜料杂品柜、橡胶刀刻工作台面、软木贴图板面、工作进度表格、工作台灯、旋转升降式工作椅、废纸桶、图纸架、资料架、绘图仪器架、材料样品架、幻灯放映屏幕等。

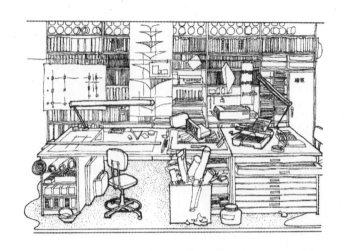

图 1-15　设计工作室示意

图 1-16　设计工作室一角

　　随着现代技术的发展，电脑的使用逐步代替手工绘制，电脑越来越成为设计不可缺少的工具。电脑技术发展迅猛，日新月异，现阶段设计界普遍使用的是苹果、PC 的各类机型。一些大型公司或条件好的个人已经开始使用电脑工作站。作为在校学生，从经济角度考虑，主要还是以使用 PC 机为宜，必须掌握的常用软件有 Photoshop，Coreldraw 和 3D Studio，MAX，YARMA，CAD 等。

　　当然，电脑只能是工具中的一种，基本的手绘能力是设计师必不可少的。就像木匠一样，再好的木工机械也不能完全替代手工活。尤其是在创意阶段，既方便、又快捷的仍是手绘技术。

图 1-17　设计模型工作室

二、模型工作室

　　手绘设计效果图，电脑效果图尽可以表现设计的立体效果，但不管你技术如何高超，立体效果如何好，毕竟还是平面的东西。为了深入研究设计的好坏，必须做成立体模型，这是设计程序中的重要环节。设计师在模型工作室中通过工具和材料等研究和表现自己的设计构思，完善细节设计，以至做成完全能工作的产品样机。工作室中的工作界面一般需要：木工工具系列，钳工工具系列，车床，铣床，烘箱，

图 1-18　油土模型制作

曲线锯,电动旋转台,空压机,电砂轮机,抛光机等。常用的模型材料是:木材、板材、石膏、油泥、ABS工程塑料、珠光板等。

设计工作室和模型工作室是工业设计师的两个重要工作界面,工业设计师们在这中间发展着自己的创造力,解决自己所发现的问题,达到改造世界、完善自己的境界。

第二章 设计程序

工业产品的门类很多，产品的复杂程度也相差很大，每一个设计过程皆是一种创造过程，也可以说是一种解决问题的过程。由于产品设计物与许多要素有关，因而设计并不只是单纯解决技术上的问题，它除满足产品本身的功能外，尚应考虑如何解决与产品有关的各式各样的问题。以此观点来考虑，设计者必须明确设计的要素，并根据其设计技术把这些设计问题相关的要素变换成最适当的、最协调的产品。

第一节　接受项目,制定计划

一般而言,业主寻求工业设计师的帮助,总是有一定的要求,或是全新设计,或是改良设计,或仅仅是表面美化一下,或只是作一个局部的调整。同时,业主常常有一些他自己的想法,绝大多数情况下业主对自己的产品有较深入的思考,很多要求是合理的,但由于业主成分较为复杂,除有专业上的隔阂外,还有所受教育程度的区别,有时候业主的要求也会不尽合理。作为设计方,对业主的要求既要充分地尊重,也要耐心地引导,使其思路逐步进入合理的轨道。这一点非常重要,为以后的顺利工作奠定了沟通的基础。由于我国工业设计公司或设计事务所很少,设计的工作程序还不被大多数人所了解,因此设计师还要向业主详细介绍自己的工作原则和工作程序,以征求业主的意见,有时候还要向业主展示自己过去的设计成果和设计文件,以及设计环境、设备、模型工作室等。这样的展示,极易抓住业主的感觉,使业主增加委托信心。

设计方通过这样的交流,借以了解业主的委托信心、业主的实力、技术设备状况以及该产品现在的生产销售状况及问题。最好设计方再去委托厂家看一看,尽可能地了解业主以及该项目的情况。

一般情况下,这个时候可以进入商务谈判的程序,但往往设计师可以采用一些策略,这通常是在业主对设计方信心还不坚定,或是由于是第一次作产品设计,业主对投入多少心中无数,还需摸底的情况下,设计师可以采取边工作、边谈判的策略,暂不谈价,先拿出一个"项目可行性报告"和"项目总时间表"。

1. 项目可行性报告

它应具备业主的要求、对产品设计的方向、潜在的市场因素、要达到的目的、项目的前景及可能达到的市场占有率、企业实施设计方案应当具有的心理准备及承受能力,等等。这一报告的目的是使设计方对业主有深入的了解,以便明确自己实施设计过程中可能出现的问题与状况。

2. 项目总时间表

它是根据业主的时间要求,制定一个时间进程计划,并展示整个设计过程。如果业主只是委托的方案设计,这个时间表相对就比较简单;如果业主是委托的全部设计,这个时间表就应该包括设计过程、生产过程和销售过程几个不同的时间段。设计方一直要负责到该产品进入市场。项目总时间表主要是把握和安排合理的时间计划,有助于业主统筹安排生产计划和销售计划,并确定生产投入规模与资金的阶段分配。

图 2-1　向客户介绍设计计划

表 1　　　　　　　　　　　　　　　　　设计方案时间表

内容＼时间	××××产品方案设计时间计划表																														1999 年 4 月
	1	2	3	4	5	6	7	8	9	10	11	12	13	14	15	16	17	18	19	20	21	22	23	24	25	26	27	28	29	30	31
市场调研	●────────●																														
调研报告				●────●																											
设计讨论会						●──●																									
设计构思	●─────────────────●																														
构思分析会											●●																				
设计展开														●●																	
方案效果绘制															●──●																
方案研讨会																	●●														
设计深入																		●──●												
设计模型图纸																				●●											
设计模型制作																										●●					
设计方案预审																											●──●				
设计制图																									●●						
设计综合报告																													●●		
设计方案送审																															●●

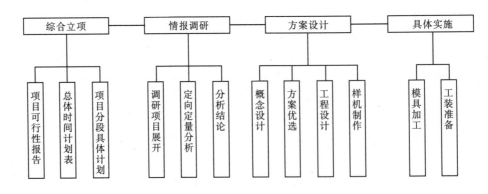

```
综合立项 —— 情报调研 —— 方案设计 —— 具体实施
```

综合立项:
- 项目可行性报告
- 总体时间计划表
- 项目分段具体计划

情报调研:
- 调研项目展开
- 定向定量分析
- 分析结论

方案设计:
- 概念设计
- 方案优选
- 工程设计
- 样机制作

具体实施:
- 模具加工
- 工装准备

图 2-2　设计项目阶段计划

这一计划通常与业主要进行若干次协商与调整,同时与业主签订设计委托合同,明确责任。

第二节　市场调研，寻找问题

任何一个好的工业产品的造型设计，都不是毫无根据地只是为了追求奇特的形状苦思冥想出来的。同一产品的形状千变万化，但它们都是根据实际需要而决定的，功能是第一位的。工业产品设计是创造一个能艺术地反映出功能特征性的形象，任何一个产品都没有长期统治市场的标准式样。因此，这就要求不断地创新，寻找和功能密切结合的美的形式。我们必须明确，设计应该是包含在竞争里面的，我们尤其要清醒地知道，产品竞争能力的大小最终是取决于人。因此，产品竞争力的关键是产品能否给人、给消费者带来使用上的最大便利和精神上的满足。要使自己的设计不落俗套，就必须站在为使用者服务的基点上，从市场调研开始。调研主要分为产品调研、销售调研、竞争调研。

通过品种的调研，搞清楚同类产品市场销售情况、流行情况，以及市场对新品种的要求；现有产品的内在质量、外在质量所存在的问题，消费者不同年龄组的购买力，不同年龄组对造型的喜好程度，不同地区消费者对造型的好恶程度；竞争对手产品策略与设计方向，包括品种、质量、价格、技术服务等；对国外有关期刊、资料所反映的同类产品的生产销售、造型以及产品的发展趋势的情况也要尽可能地收集。

调研方法很多，一般视调研重点的不同采用不同的方法。最常见、最普通的方法是采用访问的形式，包括面谈、电话调查、邮寄调查等。调研前要制定调研计划，确定调研对象和调研范围，设计好调查问题，使调研工作尽可能地方便、快捷、简短、明了。通过这样的调研，收集到各种各样的资料，为设计师分析问题、确立设计方向奠定了基础。

第三节　分析问题，提出概念

在调研的基础上，设计师要开动脑筋，充分发挥设计师的敏感性特点，去发现问题所在。爱因斯坦说过："提出一个问题往往比解决一个问题更重要，因为解决问题也许仅是一个数学上或实验上的技能而已，而提出新的问题，新的可能性，从新的角度去看旧的问题，却是创造性的想像力，而且标志着科学的真正进步。"

提出问题首先是能发现问题，问题的发掘是设计过程的动机，是起点，工业设计师第一个任务就是认清问题所在。一般问题来自各式各样的因素，设计师要把握问题的构成。这一能力对设计师来说是非常重要的。这与设计者的设计观、信息量和经验有关。如果缺乏应有的知识和经验，就只能设计出极其幼稚的物品。

明确了问题的所在，就应了解构成问题的要素。一般方法是将问题进行分解，然后再按其范畴进行分类。问题是设计的对象，它包含着人机环境要素等，只有明白了这些不同的要素，方可使问题的构成更为明确。

认识问题的目的是为了寻求解决问题的方向。只有明确把握了人机环境各要素间应解决的问题，明确了问题的所在，就明确了应采用何种解决问题的方法。

这里我们使用"提出概念"的称谓。设计师能否提出设计概念是非常重要的。发现了问题，明确了问题所在，也能找到解决问题的方法，但如何找到最佳点和最佳方法，这就要求设计师具有创造性的思维：通过发现与思考，提出新的设计概念，并在这一概念指导下从事设计工作。

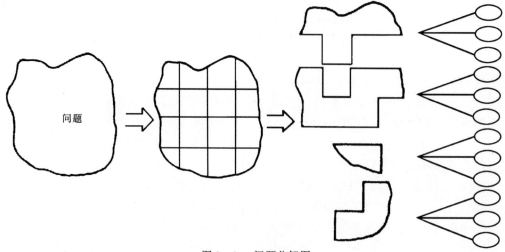

图 2-3 问题分解图

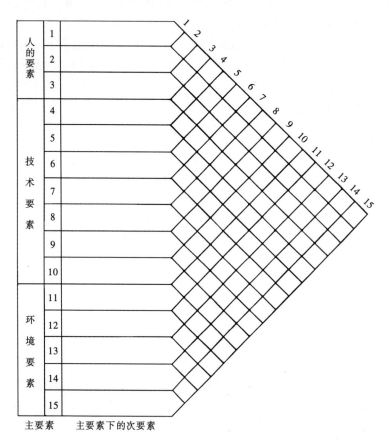

主要素　　　主要素下的次要素

图 2-4

英国皇家工业设计师 Alan Tay 先生是一个专门从事建筑五金件设计的专家。他在设计门把手的过程中，发现夜间使用门把手常常因看不清楚而给使用者带来不便。这一问题的发现，促使他提出"在没有灯光的情况下能准确使用门把手"这样一个设计方向。于是，他采用一种高分子发光材料，将它设计在把手表面，使门把手始终处在自发光的状态下，这种光在灯光下看不见，但在无光的情况下，其自发光度足以使使用者准确使用。

双听筒电话机设计最初是从有些人在使用电话过程中，头肩夹电话听筒这个使用现象开发出来的。设计者发现，在共用电话和一些秘书人员在使用电话时,常要腾出手来查找文件、记录等,因此只能用头和肩夹住话筒方得以继续工作。这一使用姿态极不符合人的生理要求,是一种不舒服的动作姿态。遂产生改变这一现象的想法,提出设计一种电话听筒"在一般情况下可单手使用,当特殊需要时能将手脱出"这一设计概念。

图2-5 双听筒电话机
设计:何晓佑

图2-6 双听筒电话机的不同使用状态

上述是设计师从人们在产品使用过程中的问题给予解决的例子,从使用方式,从功能结构,从材料,从造型都可以作为入手点,但首先是提出设计概念,也就是设计的方向,只有方向明确,工作才能展开。

商业竞争是激烈的,在有的情况下,设计概念的提出是从竞争对手的弱项处产生。如日本东芝公司在开发"随身听"产品时,分析索尼公司同类产品的诉求重点是"高品质"(Hight Quality)和"高技术"(Hight Tech)。因此,将自己的新产品定位为"高时尚"(Hight Fashion)。"高时尚"这一概念,对年青人尤其对少女消费层有着广泛的吸引力。设计师在这一概念指导下进行设计,其结果必然在竞争中立于不败之地。

有了设计概念,设计的方向明确了,便可进入下一设计阶段。在这时,应尽可能地收集有关资料而暂不置评,因为任何资料都可能是未来解决方案的基础。解决问题的资料一般包括以下内容:

(1)关于使用环境的资料;

(2)关于使用者的资料;

(3)关于人体工程学资料;

(4)有关使用者的动机、欲求、价值观的资料;

(5)有关设计功能的资料;

(6)有关设计物机械装置的资料;

(7)有关设计物材料的资料;

(8)相关的技术资料;

(9)市场竞争资料;

(10)其他有关资料。

以上收集的资料,将作为设计构想的来源,加以

系统地整理。

图2-7 随身听

图2-8 日本佳能公司推出的便携式照相机

第四节 设计构思,解决问题

有了设计概念,占有了大量资料,设计工作将进入构思阶段。

构思,是对既有问题所作的许多可能的解决方案的思考。这时,不要过分注意限制因素,因为它往往会影响构思的产生。构思的过程往往是把较为模糊的、尚不具体的形象加以明确和具体化的过程。这时,就要手、脑、心并用。19世纪英国艺术和设计思想家 J. 鲁斯金 (Ruskin) 曾这样说过:"设计必须由最精巧的机械,即人类的双手来完成。至今我们没有设计出,以后也不可能设计出任何能像人类手指那样灵巧的机械。最好的设计源于心,又融合了所有情感——这种结合优于脑与情感的结合,而两者又优于手与情感的结合。如此造就出完整的人。"只有这样"完整的人",其设计构思才可能具有创造性。

例如:日本大阪第四届国际设计竞赛的命题是"火"。它包括"亮""热"系统的设计范围。我们首先对火进行研究,从而希望得到与火发生关系的设计答案:

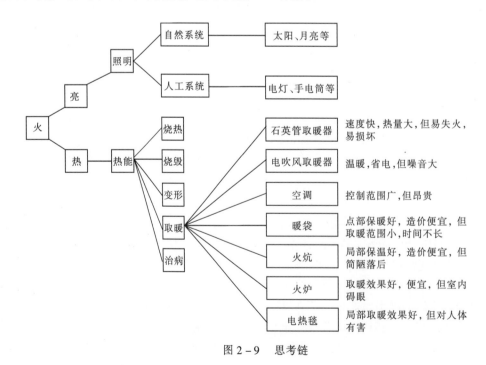

图2-9 思考链

思考到这一步,重点考虑从哪一个点往下发展,一个一个地思考,总想选择一个有新意的创意点。这

时候,"炕"跃然纸上。炕是中国传统的取暖设备,是既便宜效果又好的产品,这是一个可以发展的方向。

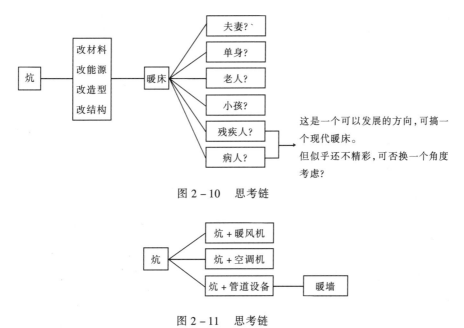

图 2 - 10　思考链

图 2 - 11　思考链

设计思考推到这一步,似乎看到了希望。中国传统的"炕"是一种取暖设备与建筑紧密结合的典范,中国民间建筑的给暖文化所传达出来的设计概念,对进入 21 世纪的今天仍然有它的现实意义。过去的东西是旧的,但其设计思想并不一定是过时的。

设计就是这样,不断地将可能性进行综合,从看上去互不相干的东西逐步推进到一个组合体中。

设计构思主要是为了解决"设计的概念"。有时

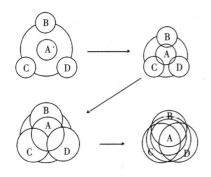

图 2 - 12　思考过程示意图

候,设计概念是十分简单的。例如:爱快·罗密欧(Alka Romeo)的 Nuvola(意大利文意为"云")车的设计,由 Walter De Silva 领导的设计群想要设计一部相当罗曼蒂克的复古车,而不是预测 3000 年后的造型,他们的设计思考点是对感情的重视。Walter De

Silav 表示:"我们想传递情感。""专业的汽车设计表现出理性与创造性的融合及平衡,但在这个例子中,我们不像是在设计一部能批量生产的汽车,而像是决定将情绪及情感列入最优先的考虑。"

这部车的设计是成功的,它较好地解决了"情感"问题,使汽车这种现代化工业形象得以"人化",这毫无疑问是一种未来的取向。

当一个新的"形象"出现时,要迅速地用草图把它"捕捉"下来,这时的形象可能不太完整,不太具体,但这个形象又可能使构思进一步深化。这样的反复,就会使较为模糊的不太具体的形象轮廓逐步清晰起来——这就是设计中的草图阶段。

草图主要是设计师本人分析研究设计的一种方法,是帮助自己思考的一种技巧。草图主要是给自己看的,因此不必过分讲究技法,或许只是几根简单的线条。当然,在有些情况下,草图要与业主共同讨论,这时的草图应该讲究一定的完整性。

草图的完成,就完成了具体设计的第一步,而这一步又是非常关键的一步,因为它是从造型角度入手,渗透了设计第一阶段各种因素的一种形象思维的具体化,它使想像思维在纸上形成三度空间的形象。在前一阶段"设计概念"所确定的设计方向,至此已基本解决。

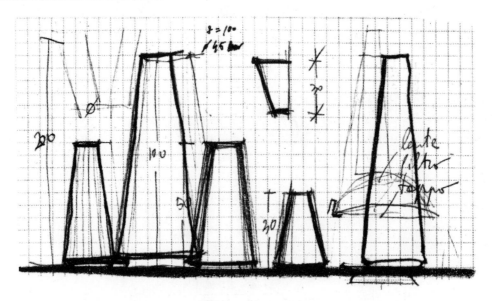

图 2-13　M. 费雷里 ZAN-ZO 灯具设计构思草图

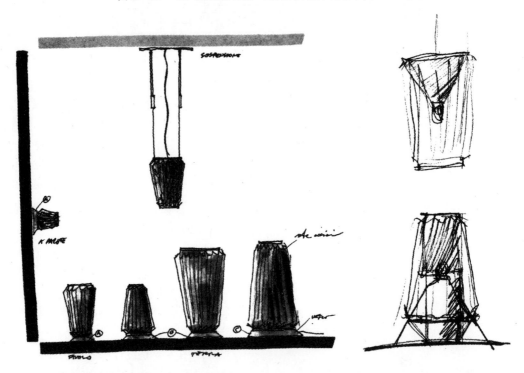

图 2-14　构思草图说明,开始曾欲采用两种方式的 V 型灯罩,敞口朝上或朝下,后来淘汰了此想法

图 2-15　爱快·罗密欧 Nuvola 早期的设计草图,表现出未来派的超级跑车

第五节　设计展开,优化方案

　　构思方案的完成,至此可能是一个、可能是若干个,此时设计师要进行比较、分析、优选工作。从多个方面进行筛选、调整,从而得出一个比较满意的方案,进入具体的设计程序之中。

　　设计展开是进入设计各个专业方面,是将构思方案转换为具体的形象。它是以分析、综合后所得出的能解决设计问题——初步设计方案为基础的。这一工作主要包括基本功能设计、使用性设计、生产机能可行性设计即功能、形态、色彩、质地、材料、加工、结构等方面。这时的产品形态要以尺寸为依据,对产品设计所要关注的方面都要给予关注。在设计基本定型以后,用较为正式的设计效果图给予表达。设计效果图的表示可以是手绘,也可以用电脑绘制,主要是直观地表现设计效果。因为业主毕竟没有经过专门训练,空间立体想像力并不强,直观的设计效果图便于帮助业主了解设计制作成品以后的效果,帮助业主决定设计的结果。

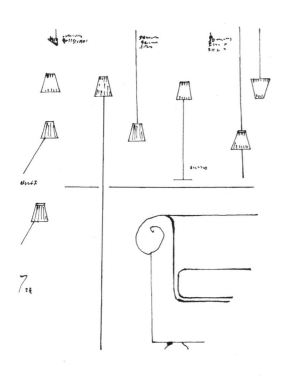

图 2-16　设计研究

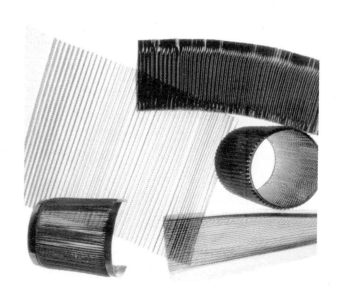

图 2-17　灯罩材料样品,拖拉机滤油器

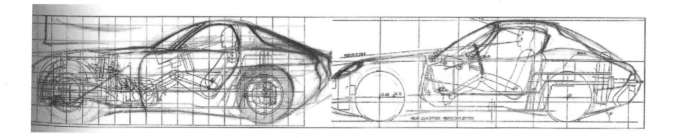

图 2-18　设计研究

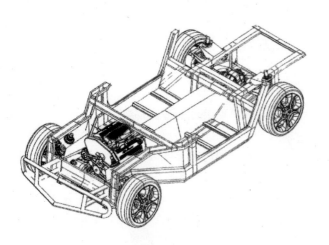

图 2 - 19　用高张力钢构成底盘结构

图 2 - 20　外形设计效果图

第六节　深入设计,模型制作

在这一阶段,产品的基本样式已经确定,主要是进行细节的调整,同时要进行技术可行性设计研究。方案通过初期审查后,对该方案要确定基本结构和主要技术参数,为以后进行的技术设计提供依据,这一工作是由工业设计师来进行的。为了检验设计成功与否,设计师还要制作一个仿真模型。一般情况下,只要做一个"死模型"就可以了,但为了更好地推敲技术实施的可行性,最好做一个"工作模型",就是凡能动或打开的部分都做出来。设计师在进行设计时,要充分考虑到产品的立体效果,效果图虽是画的立体透视图,但这毕竟是在平面上的推敲,模型则是将产品真实地再现出来,任何细节都含糊不得,所有在平面上发现不了的问题,都能在模型中反映出来。所以,模型本身就是设计的一个环节,是推敲设计的一种方法。通过模型制作,对先前的设计图纸是一个检验。模型完成以后,设计图纸是肯定要进行调整的,模型为最后的设计定型图纸提供了依据。模型既可为以后的模具设计提供参考,又可为先期市场宣传提供实物形象。因为仿真模型拍成照片以后可以以假乱真,这为探求市场情况提供

一个视觉研究物,对下一步设计的深入和经费的投入提供一个检验物。

图 2 - 21　模型

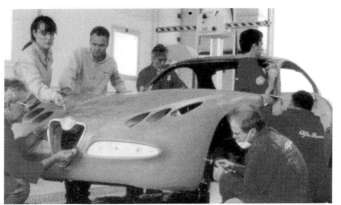

图 2 - 22　实物效果　　　　　　　　　　　图 2 - 23　样机制作

图 2 - 24　样机外观效果和局部效果

第七节　设计制图,编制报告

设计制图包括外形尺寸图、零件详图以及组合图等。这些图的制作必须严格遵照国家标准的制图规范进行。一般较为简单的设计制图,只需按正投影法绘制出产品的主视图、俯视图和左视图（或右视图)三视图即可。设计制图为下面的工程结构设计提供了依据,也是对外观造型的控制,所有进一步的设计都必须以此为"法律文件",不得随意更改。

设计报告书是以文字、图表、照片、表现图及模型照片等形式所构成的设计过程的综合性报告,是交由企业高层管理者最后决策的重要文件。

设计报告的制作既要全面,又要精炼,不可拖泥带水。为了给决策者一目了然和良好感觉,设计报告的编制排版也要进行专门设计。设计报告的形式可视具体情况而定,一般来讲,可按下列步骤进行。

1. 封面

封面要标明设计标题、设计委托方全名、设计单位全名、时间、地点。如果该产品已有标志,封面还可以作一些专门的装潢设计。

2. 目录

目录排列要一目了然,并标明页码。

3. 设计计划进度表

表格设计要易读,可以用色彩来标明不同时间段里的不同工作。

4. 设计调查

主要包括对市场现有产品,国内外同类产品以及销售与需求的调查。常采用文字、照片、图表相结合来表现。

5. 分析研究

对以上市场调查进行市场分析、材料分析、使用功能分析、结构分析、操作分析等,从而提出设计概念,确定该产品的市场定位。

6. 设计构思

以文字、草图、草模的形式来进行,并能反映出设计深层次的内涵。

7. 设计展开

主要以图示与文字说明的形式来表现。其中包括:分析与决定设计条件、展开设计构思、设计效果图、人体工程学研究、色彩计划、模型制作等。

8. 方案确定

主要包括按制图规范绘制的详细结构图、外形图、部件图、精致模型以及使用说明等内容。

9. 综合评价

放置一幅精致模型(样机)的照片,并以最简洁、最明了、最鼓动人心的词语表明该设计方案的全部优点及最突出点。

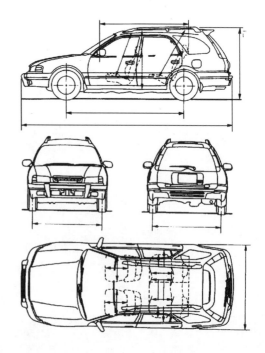

图 2-26　设计视图

图 2-25　设计正视图

第八节 设计展示,综合评价

上一节讲到的设计报告,在有些情况下(比如竞标)要做成设计展示版面。当然,版面要经过专门设计,并以最佳方式展示设计成果。

对设计的综合评价方式有两大原则:一是该设计对使用者、特定的使用人群及社会有何意义?二是该设计对企业在市场上的销售有何意义? 这两个原则,设计师一定要把握好。

首先,应对设计构想进行评价:

(1)新构想是否具有独创性?

(2)新构想具有多少价值?

(3)新构想的实施时间、资金和设备的条件及生产方式是否可能?

(4) 新构想是否适合企业在计划时间内的作业方法与销售?

(5)新构想是否在进一步树立企业的美好形象?

…………

其次,再对产品本身进行评价:

(1)技术性能指标的评价;

(2)经济性指标的评价;

(3)美学价值指标的评价;

(4)市场、社会需求等方面指标的评价。

为了使设计综合评价一目了然,可对上述评价项目的结果用图表示意,以供设计决策。

×××设计评估图

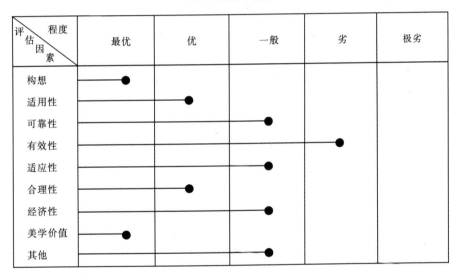

程度 评估因素	最优	优	一般	劣	极劣
构想	●				
适用性		●			
可靠性			●		
有效性				●	
适应性			●		
合理性		●			
经济性			●		
美学价值	●				
其他			●		

图 2-27 新设计评估图

第三章 造型创意

第一节 中国社会消费意识的转变和
　　　　企业的觉醒
第二节 设计构思与方法

图 3－1　未来交通工具

第一节　中国社会消费意识的转变和企业的觉醒

　　自改革开放以来，20 年间中国发生了巨大变化。20 多年前人们的生活只满足于基本温饱，家里有台收音机就算是很不错的消费品了。夏天一把扇子，一张凉床；冬天一家人围着炭盆，日出而作，日入而息的生活方式，中国人的消费范围是狭窄的。20世纪 70 年代末，人们曾经用多少条腿的家具来形容新婚家庭的财产，后来有了"三大件""三转一响"(手表、自行车、缝纫机、收音机)之说。这些都十分典型地说明了当时的消费意识是以数量为标准的。

　　20 世纪 80 年代初，中国开始从封闭的计划经济体系转向了 90 年代开放的市场经济体系，从单一

的卖方市场转向多样化的买方市场，人们的消费水平和消费结构发生了巨大的变化。中国社会的消费意识逐渐由对消费品数量的拥有转为对消费品品牌的拥有。人们更多谈论的是拥有什么样的品牌，对产品的质量、样式、服务更为挑剔。消费者的消费意识和消费行为也都发生了很大的改变。人们不再单纯把价格因素看成是唯一的购买因素，在消费心理和意识上都更加成熟、独立。

　　近年来，人们的消费意识又在进一步提高，"形象消费"的问题被提到一定的高度，我就是买你这个产品的造型、色彩；我就愿意到豪华的饭店坐坐，喝

图 3-2　现代室内环境

茶吃饭；我就愿意在漂亮的商场转转，买东西。我花钱买享受，买愉快，买漂亮，买情调。

中国消费意识的变化，触发了企业创新意识的觉醒。这种觉醒在中国虽然十分缓慢，但它毕竟开始了。

20 世纪 80 年代中国全面改革开放，产品设计也伴随着改革开放的步伐引入全新的工业设计概念。任何新生事物都有一个发展过程，中国的工业设计正经历着以下一些过程。

1. 拿来期

改革开放初期，国营企业全面进行技术改造，那时的技术改造是以大规模引进设备、引进技术开始的。因为那时的中国市场缺口巨大，消费者对产品的要求主要是在功能和技术方面。因此，引进的主要是对这方面的要求。在这一时期，国内企业的自主设计和开发基本处于盲区，一方面中国刚刚接触到工业设计的概念，还不能作到掌握自如，设计就是测绘；另一方面国内引进的东西大量的是国外逐步淘汰出市场的东西，重复引进又使得产品的种类和品种都较少。20 世纪 80 年代，在沿海建立起来的外向型出口加工基地，主要是外来加工，也不存在设计。这一时期，中国还没有真正意义上的工业产品设计。

2. 模仿期

20 世纪 80 年代末、90 年代初，中国的经济改革进入全面发展期。生产厂家为争夺市场，在扩大规模的同时，开始注重结构的调整、产品质量的提高和售后服务的改善。消费者对产品的"品质"提出了要求，这时设计被企业提到议事日程上来。另一方面，因为基本建设投资规模过大，引起通货膨胀及外贸出口受阻等各方面的原因，无论国营企业还是外向型企业都受到了冲击，沿海地区企业在出口定单严

重不足的情况下，转而面向国内市场。过去靠的是"外来加工"方式，而今却要自己进行市场开发。工业设计观念也由院校逐步向企业传播，设计已被企业提到议事日程上来。但这一时期企业对设计的认识只是停留在外观美化方面。在设计上，主要采取的方式是直接购买国外同类产品；在基本结构和功能原理上，对产品进行仿制；在外观上，以原有产品为基础进行模仿性设计；从产品主体至局部都采取近似设计。这一阶段，国内市场上产品样式繁多，品质也在提高，好的设计受到消费者的欢迎，企业也尝到优秀设计为企业带来的好处。但是，以设计主导市场的主动性策略仍不为企业所采用。

3. 创新期的到来

20 年来的持续改革，使中国经济的发展速度极快，中国的消费市场迅速扩大。以家电为例，1996 年统计表示：电冰箱年产量达 928 万台，洗衣机年产量 1068 万台，空调年产量 646 万台，彩电年产量 2357 万台；城镇电冰箱普及率达 69.8%，洗衣机普及率达 90.06%，空调普及率从零迅速增加到 11.6%，彩电普及率达 1.4 亿台。

随着社会的发展，国内主要企业的技术水平已趋向相互接近，生产设备条件趋同，在激烈竞争的市场上，除了花样翻新的营销手段和广告外，雷同化的产品形象已无法体现企业的品牌特色，靠模仿和抄袭又有损企业的竞争形象，跟着国外的设计走始终处于被动的市场地位。企业要在竞争中取胜，必须制定设计创新策略，以独创性主导市场潮流，成为主流实力派，才能在竞争中取胜。企业一旦认识到这一点，设计也就成为企业的自觉行为。

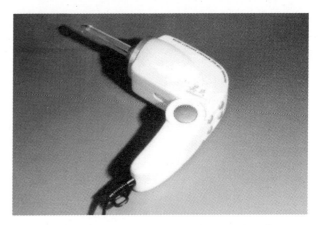

图 3-3　三株集团南京家庭医疗器械公司生产的家用
　　　　冷光治疗仪

设计：何晓佑

第二节　设计构思与方法

1. 创意思维

创意思维一词是根据英文 Creative I dea 翻译过来的，如果直译，这个词组的含义就是"具有创造性的意念(观念)"，这是由于创造性思维所致。什么是创造性思维?它反映事物本质属性和内在、外在有机联系，具有新颖的、广义模式的一种可以物化的思想心理活动。这是最集中表现人类智慧的思维活动。它使人类突破各自自然极限，在一切领域开创新局面。创造性的思维是人类所具有的最有效的生活手段，正是由于无数创造性的想法，迎来了我们今天的舒适生活。

我们可以做这样的比较:人与动物相比，人的力量来自什么地方? 人的手掌，比不上虎豹的利爪;人的眼睛，比不上鹰隼眼睛的锐利;人的双脚，追不上奔跑的麋鹿;人的耳朵，听不见许多小动物都能感知的超声波……用生物学家的话来说，人的每一种生理器官都不具有"特异性"。这种生理器官的"非特异性"，为人类的发展和进化提供了无穷的可能性。但是，如果仅仅依靠这些平常的器官，不用说征服自然，就连人类自身的生存，也会遇到很大的困难。很显然，人类的神奇力量并非来自肢体，而是来自头脑，来自人类所独有的思维功能。

图 3 - 4　人体造型

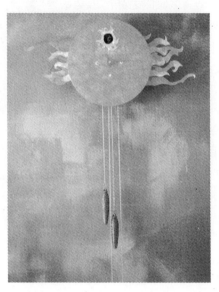

图 3 - 5　时钟　设计:Lois Lambert(美国)

思维类型可分为抽象思维和形象思维。它们有着各自不同的思维形式结构。抽象思维以概念为思维细胞，通过判断、推理等形式结构来认识世界、表达思想、证明真理;形象思维以意象为基本形式，通过想像来描述形象，把头脑中的意象外化为可感的、别人能接受理解的具体形象，以表达思想、显示真理。正是由于人类利用了思维的力量，战胜了天，战胜了地，设计出千千万万种自然界并不存在的东西:高速、舒适的现代化交通工具，方便、轻捷的办公信息终端，干净、整洁的电气化厨具，精密、安全的高级医疗设备，奇妙、刺激的娱乐用品，便于携带的旅行用具，科学合理的教学设备，声色优美的音响组合，图像清晰的影视器材，等等，使人类在工作、学习、饮食、旅行、保健等方面都进入了一个高水平的现代化生活时期。这一切虽然都是科学技术的重大发明，但其背后都有一个工业造型设计的蓝图。对于设计师来说，把思维中的意象进行描述，激化为思维形象，将科学技术以具体的造型形式使其物态化，创意构思起着至关重要的作用。有人说，设计师主要就是解决构思问题，这是很有道理的。

我们常常看到这样的情况，两个设计师，其经历、学历、阅历都差不多，技术水平相当，但每每竞赛时,他能中标而另一个总是差一点。这个"差一点"差在何处?实际就是差在点子上,也就是说差在思维能力上。人的思维是具有"超越性"特质的,思维能够超越具体的时间。也就是说,思维能够在人的头脑中构想具体时间之外的事物和情景。我们可以回忆过去、设想未来,思考可以在历史和未来之间游荡。思维能够超越具体的客观事物,具有极强的想像力。作为一名优秀的设计师,这种思维的"超越性"应该比常人更强烈,更流畅。勒·柯布西耶(Le Corbusiers)在纽约长岛拾到一只蟹壳,从而设计出建筑史上著名的郎香教堂;为什么要把朗香教堂搞成这样一副模样呢?勒·柯布西耶自己解释说,他是把这个教堂当作"形式领域里的声学元件"来设计的。教堂不是人与上帝之间对话的地方吗,所以它"要像听觉器官那样地柔软,细巧,精确和不能改动"。也就是说,他把朗香教堂当作一个听觉器官来设计的,以便上帝听到教徒的祈祷。朗香教堂的建筑体形和空间证明勒·柯布西耶具有非凡的想像力。他不肯停留在老地方,总是不断地有所发明,有

图 3-7 澳大利亚悉尼歌剧院

图 3-6 朗香教堂

所更新。

伍重(Utzon)从海中行驶的三角帆船,设计出著名的悉尼歌剧院。这些极佳的创意,都来源于思维

图 3-8 乐椅 设计:何晓佑

的超越性。

思维的超越性能够产生创意，而创意又指挥着我们的实践去物化思维的构思，实现形形色色的创意。实现以后，物质世界便产生了新的变动。创意能引起物质世界的变动，首先是由于创意的"新"：新点子、新观念、新方法、新事物。我们说每个人都具有思维的"超越性"，每一个人都能创意，但并不是说创意构思来得是那样的简单，人的思维要受到许许多多的制约，不可能无边无际。比如，客观环境、教育背景、生理状态等方面，都能制约着一个具体

图3-9　坐椅　生产者:Cassina(意大利)

的思维超越性和创意水平的发挥。

2. 构思方法

构思——无论汉语或英语，构思原指做文章或做艺术品时运用的心理。构思是一种思想活动，是一种打算、概念、想像。就设计构思而言，方法也是多种多样的。对于初学者来说，掌握一些方法是重要的，因为解决问题不是一件容易的事，如果我们细心地、逻辑地探索问题，那将容易得多。下面我们介绍的一些方法帮助初学者入门，无疑是有参考价值的。

(1)定向设计法

设计物是为人所用，当然希望在考虑某一物时尽可能全面一些，考虑的问题尽可能周到一些，这是毫无疑问的。但是，"彻底的全面"同样是若隐若现的东西，如果一味地追求"全面性"，也许要失去许多精彩的创意构思。

所谓"全面"，通常只是相对于更全面的情况而言的。而"片面"也只是相对于全面的情况而言的。有一个"金银盾"的故事：一个将军站在盾牌前面，说盾牌是"金子做的"；另一个将军站在盾牌后面，说盾牌是"银子做的"；第三个将军站在盾牌的侧面，说盾牌是"金子和银子做的"。很显然，前面两位将军的话是"片面"的，第三位将军的话是"全面"的，但只是相对于前两位将军来说是"全面"的。也许剖开盾

图3-10　牙科系列
设计:美国

牌,发现里面是块铁板,金和银是镀在外层的。

在思维实践中,全面性要服从于思维主体的实践目的。在某种目的之下,能够达到相对的全面性我们就满足了;而在这个目的之外的事物及其属性和变化,只能毫不犹豫地予以舍弃。

庄子笔下的"庖丁",把一只活生生的牛只看作一堆骨头和筋肉的组合体,只想着其中骨头缝的宽窄,这显然是片面的。"庖丁"不像农夫那样,了解牛能拉多重的车,一天吃多少料;"庖丁"也不像画家那样,了解牛在奔跑时的英姿,知道牛抵架时尾巴是夹着还是翘着。"庖丁"就是"庖丁"。他不想跟农夫和画家学习,以便对牛的认识更加全面;对于"庖丁"的实践目的来说,"目无全牛"就足够了。鲁迅先生也曾说过:"在中国古代,对人体颈骨的结构研究最透彻的不是医生,而是刽子手。"

思维无法达到"彻底的全面",这一事实并不能让我们感到很悲观,因为我们本来就不需要它。盲目追求"彻底的全面性",是完全没有必要的。因此,我们在进行设计构思时,往往采用定向设计法:男女之别、老少之差、健残之分,以及职业、文化程度、生活习惯、生活方式、地区民族的不同,使各个具体的人具有特殊点,构思时向某一类群定向。简单地说,就是根据产品的不同特征和人们对它的不同要求,有的放矢地进行产品设计。这类设计往往具有较强烈的使用特征,比其他产品更能满足这一类群消费者的心理,为他们所接受。

就听音乐本身的质量来说,坐在客厅,全声道立体声环绕着你,优美无比,这是最理想的听音乐的方式。但并不是每一个人,每一种状况都能达到"理想"。索尼(Sony)公司的创始人之一井深大先生(井深大先生是第一任社长,另一个创始人就是后来成为第二任社长的盛田昭夫)是一个高尔夫球迷和音乐迷。他曾梦想在边打高尔夫球时,同时可听音乐,要是能生产一种使两者结合的电器产品就太好了。这样,那些出去散步或赶路的人,亦可边听音乐或广播走路了。这个梦想驱使索尼苦心研究,一种带有盒式的单放机研制成功了。梦想变成了现实。而今,当我们看到那些晨练、旅行、散步的人们戴着耳机边走边听音乐时,我们怎能不感谢井深大先生最初的创意呢?

当然,定向设计越是定向范围明确,在一定程度上越是使用范围较窄,功能往往较少或较单一。例

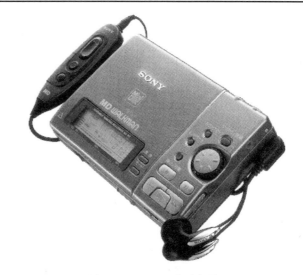

图 3 – 11　Sony 公司产品

图 3 – 12　日本 Kenwcod 公司产品

如,一种手残人用勺,对于手指不能弯曲者十分实用。又如,一种医院门把手,由于护理人员常常要双手托药物、器械,进出开门不方便,这种门把手可以用前臂开门,改变了常用臀部顶门的不舒服动作和不安全感,方便了护理人员的使用。

定向设计由于实践目的明确,其造型往往容易做得有个性,有视觉冲击力。这是我们在设计构思时常用的一种方法。

(2)反向设计法

所谓反向设计,就是设计者把习惯的事反过来思考,从似乎是无道理中寻求道理。

在长期的思维实践中,每个人都形成了自己所习惯的、格式化的思考模式。当面临外界事物或现实问题的时候,我们能够不加思索地把它们纳入特定的思维框架,并沿着特定的思维路径对它们进行

思考和处理。这就是思维的惯常定势。

反向设计构思法就是要突破惯常定势，从全新的角度去思考问题。

据历史记载，古希腊哲学家苏格拉底相貌丑陋，不修边幅，整日在市场上闲逛。古希腊的市场上不仅卖物品，也卖思想——经常有人站在市场中央，面对大众发表演讲。有一天，苏格拉底遇到一位年轻人，正在宣讲"美德"，苏格拉底装作无知者的模样，向年轻人请教说："请问，什么是美德？"

那位年轻人不屑一顾地答道："这么简单的问题你都不懂？告诉你吧：不偷盗、不欺骗之类的品行都是美德。"

苏格拉底仍然装作不解地问："不偷盗就是美德吗？"年轻人肯定地答道："那当然！偷盗肯定就是一种恶德。"

苏格拉底不紧不慢地说："我记得在军队当兵的时候，有一次接受指挥官的命令，我深夜潜入敌人的营地，把他们的兵力部署图偷了出来。请问，我的这种行为是美德吗？还是恶德？"

那位年轻人犹豫了一下，辩解道："偷盗敌人的东西当然是美德。我刚才说不偷盗，是指不偷盗朋友的东西；偷盗朋友的东西，那肯定是恶德！"

苏格拉底仍然不紧不慢地说："还有一次，我的一位好朋友遭到了天灾人祸的双重打击，他对生活绝望了，于是买了一把尖刀，藏在枕头下边，准备夜深人静的时候用它结束自己的生命。我得知了这个消息，便在傍晚时分溜进他的卧室，把那把尖刀偷了出来，使他得免一死。请问，我的这种行为究竟是美

图3-13　椅子　设计：日本爱知县艺术大学久野辉幸

德呢，还是恶德？"

那位年轻人终于惶惶然，承认自己无知，拱手向苏格拉底请教"什么是美德"。

从这个例子，我们可以感受到：反向思维，常常能够将思考推向深入，将自己头脑中的创意观念挖掘出来。世界上任何创新都不是简单的劳动，我们应该使用各种方法推进自己的思考。反向思考的方法为社会提供了种类繁多的物品，出现了从绝对观念中解放出来的均衡状态。同时，把人们从固定不变的观念中解脱出来，创造了新的概念。当然，用反向思考时，当心不要走极端，必须从某种状态的反面进行彻底的观察，从而发现新的、有效的方法。

例如：一般地说，烧烤食品的"火点"应该在食品的下部，但日本夏普公司的电烤炉，率先将"火点"设在食品的上部，改变了"火点"在下才能烧东西的通常概念，使产品造型具有了全新的变化。

图3-14 多功能炉具 日本设计

又如:一种简易折叠椅,在靠背板上开有城门形齿状,板材是硬的,而人们舒适的靠坐需要适度的软,这样处理,当人坐靠上去后,随着靠力点的不同,"齿"有前后倾角,起到适合于人的背形,增加舒适度的作用。这是一种硬中求软的处理,当然也具有装饰作用。

(3)组合设计法

把原来不能单独存在的相近的东西组合起来

图3-15 简易折叠椅 设计:何晓佑

图3-16 木椅 设计:Stephan Schonherr(德国)

的方法,或是把两种功能让一件制品来担当,叫组合设计法。我们通常称之为一物多用。一物多用有两个方面的内容:一是产品具有多种用途,二是产品具有多种功能。

日本有一家叫"普拉斯公司"的专营文具企业,经营了10多年仍没有很大起色,经常为积压的各种小文具而头痛。老板在走投无路的情况下,只好对本公司仅有的几位员工说:"眼看公司难以维持了,怎么办呢?要么关门,各自寻找出路,要么大家动动脑筋,开发新产品,闯出一条光明的生路。"几位员工如同老板一样,为本公司的大量文具销不出去而一筹莫展。按原价销售,则无人问津,若降价抛售,公司财力承受不了,大家心急如焚。一位刚刚在公司工作了一年的女孩子,叫玉春浩美,她也为公司苦思冥想。这位姑娘虽然没有经商经验,但她从学校出来不久,对学生需要文具的心态非常了解,自己亦有切身体会。于是,她根据自己的体会设计一种"文具组合"销售办法,于1985年进行试销。

市场需求是客观存在的,问题是经营者有没有眼光发现它,并想办法把它吸引过来,这是营销学的核心问题。玉春浩美的"文具组合"一经面市,立即引起轰动,成为划时代的热门商品,在短短的一年四个月时间,共销售出340万盒,不但把普拉斯公司的所有存货卖光了,连工厂刚生产的新货也供不应求。这件事一下子成为日本文具行业的特大新闻。

事实上,所谓"文具组合"只不过7件小文具:10

厘米长的尺子,透明胶带,1米长的卷尺,小刀,钉书机,剪子,合成浆糊。7件小东西装在一个设计美观的盒子里,定价2800日元。

这样把一些最普通的,并有大量存货的小文具加在一起,使滞销变为畅销。道理很简单,它方便了消费者。一般人的办公桌是不会有那么齐备的小文具的,特别是中小学生的书包,更会缺这少那,当需要使用时,一下子又难以找到可使用的文具。玉春浩美这一"创举"却开发了潜在的消费需求,所以旺销起来。普拉斯公司由于得到玉春浩美设计的"文具组合",很快起死回生了。年轻的玉春浩美因此而得到老板的重奖和重用。

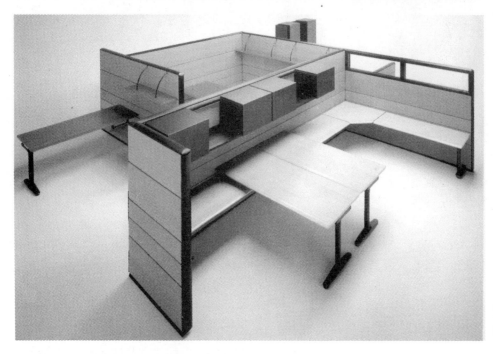

图3-17　办公家具组合
设计:Kairos 工作室(意大利)

当然,不同的设计,所遇到的问题也会不同。在组合设计中必须注意的是,组合不能理解为简单的"拼接",以至于多种用途的制品还不如单一用途的制品好用。这一设计法特别强调协调性和合理性。时下常见的组合音响、组合家具和组合桌面系统,都是较为典型的组合设计法的产物。

两物结合,制作成一件物品,由于这样的结合,精简了生活用品的数量,使生活更为方便。如果两物组合后,同时产生异化,从而产生第三种功能,这就是一种高级的组合,这是一个很值得研究的方

图3-18　组合音响　设计:日本

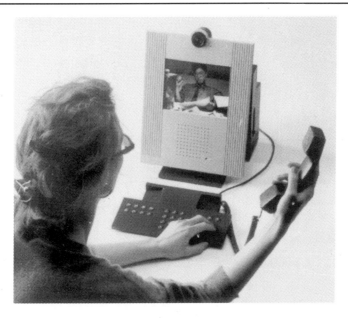

图 3 - 19　多功能可视电话　设计:美国

向。这种"组合异化"是设计学的一种发展。

（4）仿生设计法

自然界有着极为丰富的形态,万物之形,必有其
生命原动力的存在,所有自然造型都具有必然性的
结构或组织内涵。自然物不仅有其形态上的完美
性,也有其机能需要的实用性。依据自然原理,可启
发人类在创作造型上的许多构思,"仿生学"便应运
而生。

所谓仿生学,是模仿生物系统的原理来建造技
术系统的科学。仿生学不是纯生物科学,而是把研
究生物作为向生物体索取技术设计蓝图的第一步;
同时,它也不是纯技术科学,而是开辟一件发展科学
技术的途径。人们研究飞机是受到"鸟"的启发。鸟
能飞,人能飞吗?怎样飞?当然,即便你把鸟研究透
了,也不能因此而设计制造出飞机来,但这个启发是
非常重要的。

图 3 - 20　作者与科拉尼合影于科拉尼作品前

卢金·科拉尼 (Luigi Colani) 是被誉为 20 世纪
达·芬奇的才华横溢的全能设计师。他认为自然界
是最优秀的设计师,而"宇宙间并无直线",设计必须
服从自然规律和法则。他的设计一向具有空气动力
学和仿生学的特点,表现了强烈的造型意识。每逢
设计中遇到问题,他的便拿起主体显微镜观察事物,
寻求合乎逻辑的方案。他设计灵感大多来自迷人的
鸟类和水下的各种动物,力求设计的简洁、自然。

图 3 - 21　未来交通工具
设计:科拉尼

图 3 - 22　冲翼艇
设计:德国

我们在运用仿生设计时,必须注意"仿生学"只能是启示,不能取代设计者的创造。设计者在模拟生物有机体时,必须加以概括、提炼、强化、变形、转换、组合,从而产生全新的冲击力。运用仿生学主要是"似物化"设计,要特别注意"似"和"化"两字的意义。"似"已经比模仿前进了一步,但它还是受原有形态的约束;"化"就深入得多了。只有仿生学的启示进入了高级阶段,扬弃了纯粹自然形态,只运用它的原理,才有可能创造出真正全新的产品。

(5)"借鉴"设计法

在其他产品领域中得到启发,将原理、结构或造型"借鉴"过来使用,从而产生新的产品,这就是"借鉴"设计的方法。

在众多的设计方法中,这种方法有点"抄袭"的味道。它受到别的产品的形态启发,"直接"拿过来运用到自己的设计上,但毕竟是两种完全不同类型的产品,"直接"搬过来是不可能的。因此,实际上还是启发。只要该设计的某点想法有类似之处,就可能把这种想法用到那种产品中去试一试。比如,从装饰纽扣造型上受到启发,设计一个钟具;从建筑造型上受到启发,设计一把椅子;从构成雕塑中受到启发,设计一盏灯具。汽车造型可以借鉴到卧式吸尘器造型上来,随身听造型可以借鉴到医疗用品造型上来,等等。

图 3 - 23　借鉴建筑造型设计的灯具组合

图 3 - 24　借鉴建筑造型设计的灯具
设计:James╱Evanson(美国)

包豪斯时期的杰出设计家布鲁耶（Marcal Breuer）是钢管家具的创造者。1925年，他受到自行车把手的启发，并把它应用到家具上来。布鲁耶的钢管家具，尤其是著名的S型靠椅，成为全世界大量生产的同类型家具中的佼佼者。当然，一眼就能看出来的造型借鉴，容易找到共同点，这种借鉴比较直接。有些借鉴则需要开动脑筋，去寻找共同点。比

如，一只猪和一台电冰箱之间有没有共同点呢?这就需要动动脑筋了。其实也有相似之处：表面都有某些颜色，内部都有一个能装食物的地方，后面都拖着一条"尾巴"……应该注意的是：同类制品的造型借鉴是仿造而不是类似，必须从无关的制品中引入某种概念，加以再设计，才可能得到真正的发展。

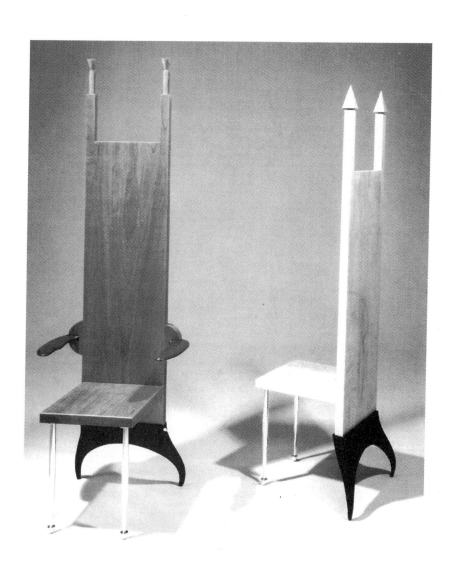

图3－25　借鉴教堂造型的坐椅
设计：David Shaw Nicholls（美国）

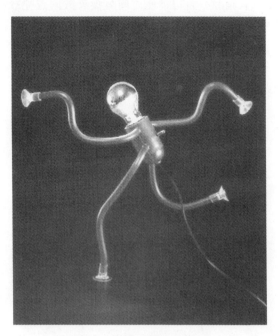

图 3 - 26　借鉴人体动态的灯具

设计:Luxo Italiana(意大利)

图 3 - 27　借鉴书本造型的电话机

设计:芬兰

(6)传统特色研究设计法

中国是一个历史悠久的国家。但由于中国过去的基本特征是农业为主,手工操作为主,信息闭塞,缺乏交流,不存在世界市场。因此,中国一直被认为是没有设计的国家。

从现代设计的观念来讲,中国没有设计的传统,因为大工业概念下的现代设计在中国起步较晚。但是,如果我们冷静地回顾中国传统的手工用品,我们会发现,很多东西以现代设计的眼光来看,都是很优秀的。继承传统不是表面的,学习过去是指对设计的观念、材料和工艺的准确,甚至是一种特有的气味的尊重! 对一种劳动的尊重! 对一种价值的肯定! 传统是一种精神,拒绝自己民族的优秀设计文化,至少是一种片面的见识。包豪斯反对传统,排斥自然,这在美学上就失去了一个方面的造型基因。如今,人们非常讨厌一味方盒子式的建筑造型,接受后现代主义所推崇的文脉主义、隐喻主义、装饰主义的设计手法,反映了当今人们审美情趣的变化。当今的设计,需要有高度的艺术性,非常重视美学的指导作用。

从我国的造型艺术发展历史来看,虽然没有形成系统的形式构图理论,但在各种造型艺术的类别中,类似的理论早已存在:

古画论中的"丈山尺树","屋漏痕","筋肉,骨气","大小相间,高下相随,聚散相宜,前后相随"。

书法中的"方中寓圆,圆中寓方"。

造园学中的"巧于因借,精在体宜","山石之美,具有透漏瘦三字"。

太极图的两种相同形的扭结,具有极强的律动感。

九宫格式对称形式的运用。

宝塔造型所显示的音乐节奏感。

龙、凤、宝相花体现出的高度"变象异化",把自然动物形态转入艺术境界。

草书,狂草所表现的聚散、流动形式等等,对于我们从事造型设计是有启发的。

每一地域,社会皆有其传统历史,因而形成了各地域独特的生活形态及文化。虽然受到文化交流的相互影响,地域的生活模式逐渐丧失其原有的独特性,但是各生活圈、文化圈的基本设计形式仍然维系不断。虽然传统的东西是旧的,但反映出来的深层的设计概念不一定是过时的。

例如:有一个课题,是根据限定材料设计一个"能把人舒适托起的东西"。所给的材料实际只能设计一张简易的小椅子,但题目却偏不给你椅子的概念,而是"把人舒适托起的东西",这个"东西"应该是什么样呢?设计者经过思考,从中国传统的山地坐轿得到启发,设计了一个拆装式简易靠座,受到好评。

图3-28　烤面包机

设计:Jim Pagella(美国)

(7)模仿创新设计法

既然是"模仿",还谈什么"创新"?

在一段时间里,人们走进了模仿的误区,把"模仿"等同于测绘,一把游标卡,一块三角板,样机是测绘出来的。但在这些测绘的再设计中,却再也没有人去融入中国设计市场的实际,中国人需求的实际,中国工业的实际,一切依样葫芦,你测绘,我也测绘。同类厂家都在测绘同样的产品,模仿国外的样品已成为解决企业新产品开发的全部。其结果从根本上摧残了产品的灵魂——设计。

事物总是处在变化之中的,我们现在模仿的产品很可能很快就会变为过时。因为你在模仿已有的产品,它已在市场上流行开来,你一味照搬照抄,你永远只能跟在别人后面爬行。比如:匈牙利工程师鲁毕克发明了"魔方"以后,很快风行世界各地,魔方为许多工厂带来了巨大好处。当魔方流传到我国以后,许多工厂纷纷投产。但大多数工厂在开始仿造魔方时,这种产品已经在市场成为畅销品;而当工厂试制成功投入市场时,魔方已经走下坡路,价格一路下跌。我们的厂家花了很大力气开发出来的新产品在市场上却销不出去,吃了大亏。而国外一些生产魔方的企业重视市场信息,重视对魔方的改进,以适应市场需求的变化。例如:日本的企业,在六面体魔方的基础上,将外形改变成四面体,每面有九个可以自由

转动的三角形,这样一来吸引了新的顾客。又如,法国一些工厂生产一种魔方拼图,由13块曲边三角板组成,能拼成各种图像,增加了趣味性。

我们谈模仿,切忌照搬照抄,而是要通过改良,使产品质量更好,生产成本更低,造型更美,达到创新的目的。在具体设计时,我们通常采用"推移法",通过对原有产品不断地向前改良推移,虽然这一步与下一步变化不明显,但随着推移的深入,最后的结果与最初的产品则有着明显的区别。当然,最后的结果应该比最初的产品更完美。

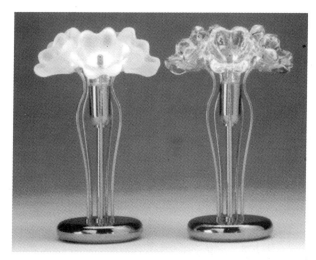

图3-29　蜡烛台

设计:日本 Hoya 公司

图3-30　电视机

设计:Lois Lambert(美国)

(8)自我视角设计法

我们观察和思考外界的事物,总是习惯以自我为中心,用我的目的,我的需要,我的态度,我的价值

观念、情感偏好、审美情趣等等，作为"标准尺度"去衡量外来的事物和观念。因而，凡与这个标准尺度不符合的，我们便称之为"错的"，"坏的"，"丑的"，"无用的"。

每个人由于天赋的不同，后天的社会背景和生活经历不同，使得每个人的心目中都有一套由独具个性的观念、价值、情感等要素组成的"标准尺度"，构成了自己的独特世界。它与别人的世界都不完全相同。当然，不是"完全不同"，因为大家都是生活在差不多的社会环境中，遇到大致相同的问题，而且在生理结构方面更是相差无几。因此，正确的个性常常是大多数人所共有的。

有时候，设计师可以抛开他人，完全以自我视角，围绕自身来考虑造型设计，可以不考虑第三者的一切条件而随心所欲地想像。这样做出的设计往往个性鲜明，反而会受到大多数人的欢迎。

造型设计师，尤其是受到高等教育的设计师，都接受过系统的美学训练，他们往往具有良好的形态

感觉力。作为设计师，他有表现这种感觉的能力；作为一个普通的人，他的这种感觉通常也是公众的感觉，具有共性，他表现出的这种感觉自然也就能引起公众的共鸣，受到公众的欢迎。一个优秀的设计师，常常利用设计机会，把自己的某一个感觉，把自己的思想展现在观众面前，引导观众加入到自己理想的队伍中来，倡导出一种品位，一种流行风格。例如：进入 20 世纪 80 年代，设计界几乎不约而同地展开了对现代设计的反思。于是，在意大利就有了"曼菲斯"和"阿莱西"，在美国也有了"High Tonch"，在德国有了科拉尼的未来设计。而到了 90 年代，英国青年设计师哥伊·狄亚斯开始独树一帜，通过不同的曲面形态，将英国式的幽默感情注入其产品设计中。

当然，由于工业产品是大量生产的产物，因此客观性很重要，过分追求个人兴趣爱好，追求惊人的离奇古怪的造型效果，也是不可取的。优秀的设计师应该是平凡之中见新颖，从而赢得使用者的好感。

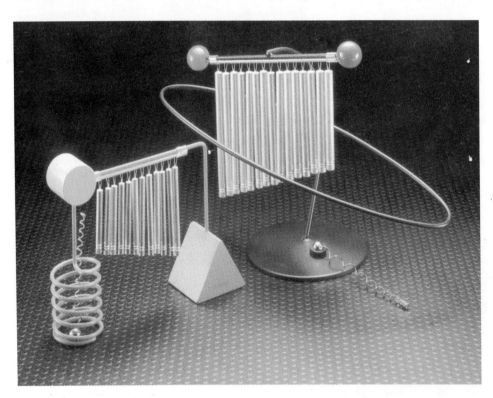

图 3－31　乐器
设计：Lain Sinclair
(美国)

(9)非我视角设计法

非我视角要求我们在思维过程中尽力摆脱"自我"的狭小天地，走出"围城"，从"非我"的角度，站在"城外"，对同一事物和观念进行一番思考，就有可能得出不同的结论，发现创意的苗头。

非我视角实际上是一种研究用户需求的设计方法，排开自我，完全为他人着想。消费者购买消费资料产品的动机虽较复杂，但其基本点是为了满足某种需求，特别是满足生活需求，即吃穿用住的需求。然而，人们的生活需求是变化的、发展的。不同

的国家,不同的地区,不同阶层的消费者,生活需求是不同的。作为设计者,要把自己置于用户的地位,变自我为他人,设身处地为用户着想,用户对原来产品有什么不满?对什么感到失望?为什么会引起不满和失望?希望得到什么?把自己所感到的不满、失望明明白白地整理出来,用户实际需求就可能脱颖而出。

图3-32　半即热式电热水器　设计:何晓佑　张剑

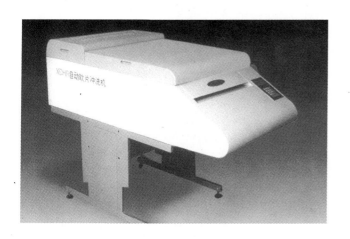

图3-33　工业用冲片机　设计:何晓佑

在日本和欧美市场上,1956~1965年是冰箱迅速增长时期;而在1966年以后,市场上对冰箱的需求低落,为什么冰箱在市场上会衰落呢?经过周密的调查发现:冰箱的需求受到"食品的消费样式"及"购买食品习惯"的影响,而"食品消费样式"及"购买习惯"又受到收入水平、主妇的生活方式、食品的流通形式、私人汽车的普及、农产品输入政策等社会经济主要原因变化的影响。于是,把由食品消费样式、购买习惯的变化而引起的冰箱需求变化的各种相关因素图表化,并对收入水平、生活方式等社会经济主要原因的变化——作了预测,从中得出:今后家庭冷藏新鲜食品的消费数量必然大为增加,冷冻食品的消费亦将显著伸展,在购货习惯方面不会有多大的变化。一致证实了购货频繁度处于减少的方向。于是,顾客对冰箱的大型化和冷冻室需要的强度被明确化了,并以此确定了冰箱大型化的开发战略,两门冰箱就是这样出现的。

这个过程,在我国也同样发生。两门冰箱和大冷冻箱已在市场畅销。这是设计师从人们的生活需求变化开发新产品的例子。

第四章 产品造型设计的基本法则

造型，是指一件物品整个外观塑造的常用术语。工业产品造型的目的：一是使该产品更加方便人们的使用；二是更加符合使用者的美学感觉，满足人们的心理需求。一件工业产品的造型是由变化多个造型要素相互之间的关系而形成的。因此，工业设计师必须依据一定的造型法则工作，通过工业产品的形式信号将产品的信息转达给使用者。

何为造型要素？造型要素包含很多，在此仅对若干较重要者加以讨论。

1. 形状

一件造型最主要的要素就是形状。形状是指一件产品三度空间的造型，主要表现在产品外观凹凸、起伏变化、形状受产品的主要构造限制等方面，设计师应该巧妙地利用这些限制，优化造型。优良的形状设计，能使产品有效地使用，并给人以强烈的视觉印象。

2. 材料

材料是构成形状的分子，对造型形象有着重要的影响作用。工业产品材料的选择，很大因素是从经济效益考虑，基于企业对利润的要求。设计师常常是在材料的"限制"下去做设计的。材料有各自的视觉性格，为了使材料更符合使用与视觉要求，设计时必须对材料的表面作适当的设计。

图 4－1 净水器造型设计 设计：何晓佑

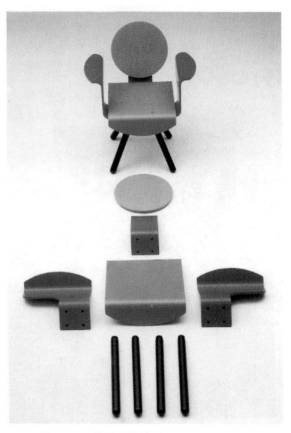

图 4－2 椅子 设计：Shigeri Uchida(英国)

3. 表面

运用不同材料的表面,妥善加以组合配置或对材料表面进行再处理,可分别给予使用者以各种不同的视觉感受。工业设计师可利用材料的表面变化或表面形成,达到所要求的完美效果。无缺点的表面可以改善一件产品的使用性,使产品更加容易保养,美学信息传达得也更好。

图 4 - 3　　CL12.5T 型摩托车造型　设计:何晓佑、张铭、张钊、李钢

4. 色彩

色彩是构成形态的必要元素,有色彩的形状远比无色彩的形状更容易吸引人的注意力。例如:一团红色闯入我们的眼帘——穿着红裙子的少女。首先被注意的是色彩,然后才是少女。在日常生活中,人们生活在五彩缤纷的世界中,才感到无比的欢乐。

色彩学是介入科学与艺术的综合学问,其科学上的根据包含物理、化学、生理学及心理学;而艺术的范畴,则在于色彩的应用表现上。色彩是一种富于象征性的形式媒介。色彩用于造型特体犹如衣服用于人类,对造型的风格有着决定性的影响。在我们的设计中,恰当运用色彩的表情,能使我们设计的形态具有轻重、进退、胀缩等多种感觉。这里要强调"色彩调整"(Color Conditioning)的原则。这一原则强调:要注意环境与用具的色彩和谐。工业产品在色彩运用上有两个基本特征:一是使用强烈的颜色,具有强烈颜色的产品易脱颖而出,以吸引购买力,在单调的环境中能产生重点,也具有危险警告作用;二是使用中性颜色,因为中性颜色很容易融入环境中。人们在生活中使用着各种各样的产品,这些产品又有着不同的颜色,因此,它们的色彩宜中庸而不宜强烈。这样,可以避免各种颜色的冲撞,创造一个协调的生活环境。

第一节　人机工程学应用法则

工业设计主要是解决人机问题，也就是说要解决人与人造物的关系。因为物是给人使用的，人通过对物的使用解决了生活中的各种各样的问题，从而满足各种各样的需求。由于人机问题的至关重要，专门研究这一问题的学科便应运而生，这就是"人机工程学"。

1898 年美国的弗雷德里克·泰勒（Frederick W. Tayior）的"铁锹作业实验"，1911 年弗兰克·吉尔布雷斯(Frank B. Gilbreth)的"砌砖作业实验"开了人机工程学研究的先河。作为一门独立学科的人机工程学，是从第二次世界大战后确立起来的。随着军事装备业、航空航天业、汽车行业、家具行业以及当今的计算机行业的迅速发展，人机工程学也得到了迅速的发展，并同时被广泛应用于各行各业。

"人机工程学"是关于正确使用人的智力和体力的学问，是研究"人—机—环境"系统中人机环境三大要素之间的关系，为解决该系统中人的效能、健康问题提供理论与方法的科学。这门理论与实践相结合的学科主要是研究与人的各种特点和需求相适应、与人的生理心理结构相适应、与人的生理运动和心理运动的内在逻辑相适应、从而在人机环境系统中取得动态平衡和协调一致，而且使人获得生理上的舒适感和心理上的愉悦感，以最少、最小、最低的代价赢得最多、最大、最高的工作效率和经济效益。这就是现代工业设计所遵循的人机工程学原则。

人机工程学给工业设计提供了有关人和机关系方面的理论知识和设计依据，使设计师在具体的设计操作中有章可循，减少了时间的消耗和劳动强度，能把更多的精力放在解决人机问题上。比如，我们在设计椅子时，就可以利用人机工程学的研究成果：

座高。从人的解剖特点考虑，人的臀部真皮和足跟一样厚，而臀部肌肉丰满，是人体最能够耐受压力的部位之一。所以，合适的座椅应设计成使躯干的重量压在臀部和坐骨上。

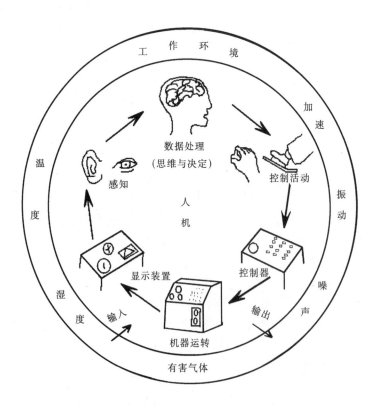

图 4－4　人机系统图

座高的设计很重要。椅子太高，人坐着足部悬空，使大腿肌肉受压，大小腿肌肉紧张，时间不长人就会感到肌肉酸痛，甚至连背部肌肉都会感到疲劳；椅子过低，人坐上去背部肌肉也紧张，这种椅子不能保证腰骶部椎骨的适宜姿势，而增大了背部的负荷。因此，适宜的座高应稍稍低于小腿高。这样，脚部、腿部的全部或大部分自然落在地板上。

座深。应当使臀部全部得到支持，而椅座的前端离小腿应有一定距离，以保证小腿活动的自由。椅宽，应使臀部得到全部支持，并且有一定的宽余，使人能调整坐姿。双人椅应保证人能自由活动。因此，应比人的宽度稍大。人的平均肘宽度约 33.1～63.5 厘米，这样的椅子能满足 95% 的人的需要。

靠背。人直坐足踏地时，倘若躯干得不到支持，则背部肌肉紧张，容易疲劳，为了减轻正坐时背肌的紧张，必须使躯干也得到支持，靠背则是支持躯干的比较合理的部件。如果我们设计的靠背能恰当地支持 11～12 胸椎部位，1～2～3 腰椎部位，则能使背部肌肉放松，胸腔舒展，呼吸舒畅。此外，靠背与坐垫的夹角要稍大。这样，可使腹部到大腿的血管松弛，利于血液循环。靠背和坐垫相接处，以不与人臀部接触为宜，以免人体因臀部受压引起人体向前滑动。

靠背的斜度，各人要求不同，不同的工作要求也不一样。飞机座椅靠背斜度在警觉条件下，即坐椅者精神集中或工作状态下为 110 度，非警觉条件下为 110～120 度；汽车靠背斜度应为 111.7 度；学校学生用椅靠背斜度应为 95～110 度。椅座面斜度大多采用后倾，后倾角度以小于 3～6 度为宜。

以上这些数据都是基于人体工程学的研究成果，都应该成为我们进行椅子设计时所熟悉和掌握的。

为确保操作人员在操作过程中不会有任何行为被强加了不可接受的负荷，使人机间负荷分配合理，在设计时，应注意人的体力极限。影响体力劳动能力的因素有多种，主要的如下图所示。

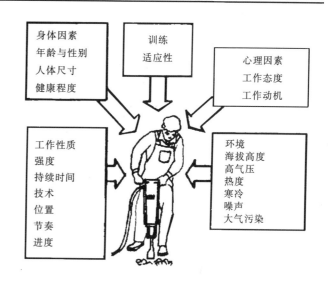

图 4-5 影响体力劳动能力的因素

当然，设计师也不能忽视静态工作负荷或者强度较小的工作负荷对人的影响。总之，在设计的任何一处都要考虑人的因素，尽可能符合人机工程学的标准。

图 4-6 符合人体工程学要求的剃须刀

第二节　形式美法则

一件工业产品的造型构成，是由造型要素的比例分配及单元对整体的关系而确立的。设计师根据产品的功能要求，根据对这一产品的销售对象心理的把握，根据自己的美学知识，对产品进行整体的与细部的构成。这种设计的过程，在形式感上可因循一些美学法则来进行。工业造型设计是不能以设计师个人美学好恶来决定的，它需要以满足大多数销售对象为前提，而基本的美学法则，是大多数人都能接受的。设计师根据这些基本美学法则作延伸或扩张，从而取得较满意的美学效果。

形式美的特点和规律，概括起来主要表现为：在变化和统一中求得对比和协调，在对称的均衡中求

图 4 - 7　水壶　设计：Marianne Brandt

得安定和轻巧，在比例和尺度中求得节奏和韵律，在主次和同异中求得层次和整合。

1. 统一与变化

唯物辩证法的最基本的规律——对立统一规律，同样是指导所有艺术表现形式的最基本的规律。

任何一个好的设计，都力求把形式上的变化和统一完美地结合起来，即统一中求变化，变化中求统一。这样，才能做到丰富而不杂乱，有组织、有规律而不单调。统一中求变化，主要是利用美感因素中的差异性，即引进冲突或变化，通过对比、强调、韵律等形式法则来表现造型中美感因素的多样性变化。变化中求统一，主要是利用美感因素中的同一性来处理，通过协调、次序、节奏等形式法则的运用，来求得理想的效果。

重复是一种统一的形式，将相同的或相似的形、色构成单元，作规律性的重复排列。个别单元体虽然是单纯简洁的形，但是经过反复的安排，则形成一个井然有序的组合，表现出整体的美，使人产生统一、鲜明、清新的感觉。比如：阅兵的方队所表现出的震撼力，使每一个人都有一种美的感受。

如果能感应音乐的单程节奏，在设计上引申这种音乐的节奏就很容易。又因为现代工业产品的众多构件多以统一和标准化、模数化形式作为最基本的表象形态，所以在工业产品中杰作感常有体现。当然，人们并不满足这种简单重复的美感，更希望看到有变化的重复。在重复特性之中，可分为形状重复、位置重复、方向重复三种重复造型。创造有变化的重复，有想像力有独创性的重复才是设计中求得统一的最有意义的劳动。这就是我们通常讲的韵律美感。

韵律是运动、运势的一种特殊形态，视觉心理上所引起的感动力。韵律是表现速度、造成力量的有效方法，它随着渐层或反复的安排，连续的动态转移而造成视觉上的移动。韵律最简单的表现方法，是把一个视觉单位作规律的连续表现。此种规律性是借助形或色，经反复、重叠或渐进的适当排列，且在比例上稍加变化，使其在视觉造型上成为既有变化又赋予韵律效果的感觉，使人兴起轻快、激动的生命感。

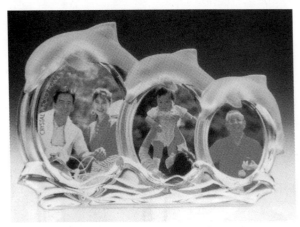

图 4 - 8　照相框　设计：日本

图 4 - 9　电热水器造型　设计：何晓佑

图 4 - 10　冲翼艇外观视觉设计　设计:何晓佑、吴强、叶苹

图 4 - 11　台灯　设计 Architect Isao(意大利)

2. 对称平衡与非对称平衡

平衡是对立的均势,它是自然界物体遵循力学原则的存在形式。所谓对称平衡,是通过轴线或依支点、相对端,以同形、同量形式出现的一种平衡状态。人、动物、点、昆虫、轮船、飞机、汽车、大多数家具、许多宗教绘画,都是以对称平衡形式出现的。用对称平衡格局创造出的物体,具有庄严、严格、端

庄、安详的效果。设计中常用的对称形式有左右对称和辐射对称两种构图形式。

所谓非对称平衡,是相对端呈同量不同形或不同量不同形的一种平衡状态。它是用一个或多个元素不类似或对比的元素来取得平衡(除体量外,还有色彩、质感、方向、空间形的元素)。非对称平衡比对称平衡显得不平静,从而显得更活泼、更有趣。它是

现代设计中常用的一种构图形式。如果要使构图能显现活力与变化，便可运用非对称性的配置原理来达到吸引人的效果。

图 4 - 12　公园灯具　设计:何晓佑

3. 分割与比例

立体造型各部分的尺寸和人在使用上的关系要恰如其分，既要合乎使用上的要求，又要满足人们视觉上的要求，这就涉及到立体造型设计的比例问题。比例是指在同一事物形态中各部分之间的关系具有数理的法则。比例的构成条件在组织上含有浓厚的数理意念，但在感觉上却流露出恰到好处的完美分割。比例是和分割直接联系着的。数学上的等差级数、等比级数、调和级数、黄金比例等都是构成优美比例形式的主要基础。

黄金比例的起源，早在古埃及前就存在了，直到 19 世纪，黄金比例都被认为在造型艺术上具有美学价值。20 世纪以来，尽管不断有人对黄金比例提出疑问，但在具体设计中，我们还是常常使用这一规律。黄金比例是根据古希腊数学家毕达格拉斯的定理进行分割的形态，即把为 L 的直线段分成两部分，使其中一部分对于全部分的比等于其余一部分对这部分的比。

$X: L = (L - X): X$　　　根据这个定理，得出

$X = 0.618$

在一个矩形中，如果两个直角边的比是 1:1.618，那么这个矩形亦称作黄金矩形。作图为:正方形二等分，用其中一方的对角线作为幅度，绘制成长

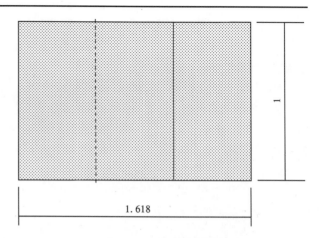

图 4 - 13　黄金矩形画法

方形。

把工业产品外形纳入这一矩形，并适应其内部形态，从平面观点看是可取的，因为这个矩形可进行多种多样的艺术分割。在表面材料质感处理上，人们也常常用黄金比，即:

$$\frac{光滑面积}{粗糙面积} = \frac{粗糙面积}{光滑 + 粗糙面积} = \frac{1}{1.618}$$

当然，任何一种规律都不是僵死的，即便被称为"黄金比例"也可以有一定的宽容度，在 1:1.618 的基础上伸展或收缩，去追求设计师自己的感觉。

图 4 - 14　时钟　设计:日本

4. 强调与调和

所谓强调是指为了吸引观众特别注意构图的某一部位图像所利用的一些加强印象的技法。造型的第一起步就是要透过美的形式，满足人的视觉享受，而强调式的造型呈现，就是其中的方法之一。强调

造成视线的焦点,是引起注意的地方,也是引起观众进一步观赏作品的要件。强调常用的方法有:对比强调、明暗强调、夸张强调、孤立强调等。

所谓调和是把同性质或类似的事物配合在一起,彼此之间虽有差异,但差异不大,仍能融合。这种和谐感亦为美的形式之一。调和的产生主要是为解决造型中所产生的对比关系,使之更为和谐。比

如在现实生活中,色彩是极为丰富多彩的。面对纷呈的色彩,如果不进行"色彩调和",往往会感到杂乱。正是由于"色彩调和"方法的巧妙应用,呈现出美好的视觉感受。自然界往往存在着最佳色彩调和因素,因此,我们在学习理论的同时,还要注意观察大自然。这对提高个人品位、提高设计水平大有好处。

图4-15　北京人民大会堂江苏厅灯具　设计:何晓佑

图4-16　灯　设计:Ingo Maurer

5. 错视觉的应用

在整体或局部造型设计中,我们常用具有肯定外形的几何形,因为它们容易引人注目。所谓肯定的外形,就是形体的周边比率和位置不能加以任何改变,只能按比例放大或缩小。比如:正方形、圆形和正三角形。它们都具有肯定的外形。

肯定的外形是美的,但人们往往不满足于此。这时,我们可以利用视觉错误的原理使形体在视觉上发生变化。所谓视觉错误,就是人们看东西所产生的错觉。这可能是由于外界的干扰造成的,也可能是造型本身或眼睛的构造引起的。

如图所示的两个长方形,面积一样,但由于水平线和竖线视惯性的诱导,长方形显得一个高,一个矮。正如胖子穿竖线条衣服显得瘦,瘦子穿横线条衣服显得胖一样。

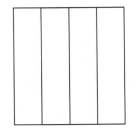 

图 4 – 17　错视原理

利用视觉错误的目的,是诱导人们按设计者的意向去观察物体,以达到满意的视觉效果。这一设计手法的关键是"巧"。只要运用得当,就能巧夺天工。

横向分割与竖向分割是设计师们常用的两种造成错觉的手段。为了体现薄、精密、秀气、高档,我们在进行音响设备设计时,常常着意运用横向平行线处理,这样可以在视觉上改变厚度形象,从而达到我们希望的形象效果。在进行交通工具设计时,横向线形的使用一方面可改变高度形象,另一方面可增强运动感。使用横向分割的要尽量减弱,压缩竖向直线条对它的干扰。当需要追求高耸、挺拔等视觉感受时,我们又常常进行纵向线来分割物体,以造成视觉错误,达到改变形象的目的;在使用纵向线时,要尽量减弱压缩横向线对它的干扰。

同样大小的表面,因外框的大小不同而产生手表大小之分的错觉;电视机设计都掌握这样的商业销售心理,即少花钱而能买到大屏幕的电视机,设计师们往往就利用形线、色彩的错视觉来扩充屏幕。

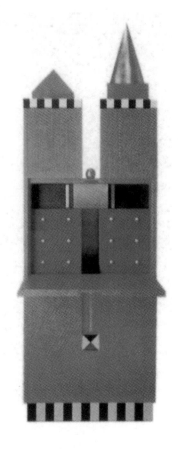

图 4 – 18　柜子
设计:Draenert Studio
(德国)

第三节　经济性法则

工业设计是市场竞争的产物,它来源于市场经济,又服务于市场经济。不少发达国家纷纷把它列为发展经济、增强国力的一项国策。比如:英国的工业设计就是典型的在政府扶持下发展的。英国政府为了增加贸易出口,一直非常重视工业设计。早在1914年就成立了英国工业美术协会,并于1915年成立了英国设计与工业协会。它率先实行了工业设计师登记制度,使工业设计职业化,并确认了工业设计师的社会地位。1944年成立了英国工业设计协会。这个由政府资助的官方机构,运用"各种可行的方式来改善英国工业产品",大造舆论,向公众灌输"优良设计"的思想,要求设计最大限度地利用劳动力和原材料,并注意它的使用功能与使用者的心理。随着工业设计领域的扩大,1972年改名为英国

设计协会,至今仍指导着英国设计的发展。英国前首相撒切尔夫人曾亲自在唐宁街10号首相府主持一个工业设计研讨会,研究制定英联邦国家发展工业设计的长期战略与具体政策,以及设计教育投资问题。撒切尔夫人指出:"为英国企业创造更多就业机会的希望,寄托在国内外市场成功地销售更多的英国产品上……如果忘记优良设计的重要性,英国工业将永远不具备竞争力。"由于以撒切尔夫人为首的英国政府的巨大努力,英国的经济经历了一段"昏睡"后,20世纪80年代以来又出现了较高的增长率。

英国是如此,美国、日本是如此,被称为"亚洲四小龙"的韩国、新加坡、台湾、香港亦是如此。工业发达国家和地区经济发展的经验告诉我们:在竞争日

趋激烈的今天，谁能设计出更符合当代人生活方式的商品，谁就能取得巨大的经济效益，谁就能取得辉煌。

工业设计与经济的关系如此紧密，因此，在市场经济体制下，工业设计师的每一项设计必须把经济上的可行性放在首要地位。因为要实施一项设计，需要有资金，一个人只有当他确信其资本不会受到损失，而且还可以在其投资额上预期得到一笔可观利润的时候，才可能对某项事业进行投资。如果一项设计既不能使制造者赚钱，又不能给用户带来足够的好处，也就无法证明它的合理性，那么，这项设计就失去了它的实际应用价值。

表 2　　　　　　　　　　　　　　　　综合评分表

项　目		评　分　标　准	评　分	方案得分
技术性价值	A. 独立性	与其他产品无类似之处	5	
		有类似，但远胜于其他产品	4	
		有类似，不低于其他产品	3	
		有类似，低于其他产品	2	
	B. 技术发展远景	有世界性发展可能	5	
		有国内发展可能	4	
		具有国内水平	3	
		发展前途小	2	
经济性价值	C. 贡献程度	对提高质量、产量有很大贡献	5	
		对提高质量、产量有较大贡献	4	
		对提高质量、产量有一定贡献	3	
		能否有贡献尚有问题	2	
	D. 可解决问题程度	能解决本企业内重大问题	5	
		能解决本企业内很大问题	4	
		能解决本企业内某种问题	3	
		解决的问题不大	2	
可行性评价	E. 技术成功可能性	非常有希望	5	
		很有希望	4	
		一般	3	
		没有希望	2	
	F. 研究开发能力	有充分的技术、设备能力	5	
		有一定的技术、设备能力	4	
		有较低的技术、设备能力	3	
		能力很差	2	

综合评价分数 $= (A+B) \times (C+D) \times (E+F)$

现代经营观念认为：设计、制造和销售产品只是企业经营的开始，企业经营的真正重点是要使用户在使用产品的过程中感到满意。这时，不仅要求产品的使用性能要完全满足使用者的需要，并且要求产品的使用费用最少。当然，产品的使用性能、使用费用和产品的制造费用三者并不是一致的，它们的综合结果就表现为产品设计的经济效果。因此，我们要对设计的经济效果进行分析，从中得到最佳的设计方案。

设计必须在职业道德、法律和安全限度的制约下取得最大的利润。不能为了增加利润而在设计上偷工减料。因此，设计师在设计产品时，要着重抓好以下几个方面的工作。

1. 优化设计方案

设计方案的优劣直接决定产品成本的高低。因此，要十分重视方案论证工作。设计经济工作是一项十分认真严肃的事情，来不得半点马虎。在每一个方案的设计中，均应在充分调查研究的基础上进行深入的技术经济分析，通过多种方案比较，最终选择最佳方案。

2. 保证设计质量

高质量的设计，不仅能给企业和社会带来较好的经济效益，而且还能合理利用资金，最大限度地发挥投资效益和产品效益。每个设计人员必须以科学参数和可靠资料为依据，认真按照设计程序工作，确保设计质量。

3. 做好概预算

对于预测性投资额，要做好计算。这看来似乎不是设计师的工作而是业主或预算师的事，其实不然。深入的产品设计方案，必须考虑该产品生产的投入，无论是材料、模具、零部件的加工难易、造型部件的连接、套色以及表面印刷形式等，都有成本核算的问题。设计师如果不考虑这些，势必增加成本。设计师通过精心设计，把投资控制在经济合理的范围之内，会起到事半功倍的作用。

图 4 - 20　样机

图 4 - 21　机壳结构

图 4 - 19　投币电话机造型　设计:何晓佑、张铭

参考文献

1. 沈祝华、米海妹编著．设计过程与方法．济南：山东美术出版社,1995 年版

2. 蔡军著．工业设计．长春:吉林美术出版社,1996 年版

3. 陶济著．设计·效益．杭州:浙江人民美术出版社,1995 年版

4. 严强、王国胜编著．产品设计中的人机工程学．哈尔滨:黑龙江科学技术出版社,1997 年版

5. 胡正祥、杜源等编著．中国产品人性设计．广州:广州出版社,1994 年版

6. 梁良良、黄牧怡著．走进思维新区．北京:中央编译出版社,1996 年版

7.《科学与人》杂志社编辑．新产品的开发与研究．北京:气象出版社,1985 年版

8. 刘吉昆编著．产品价值分析．哈尔滨:黑龙江科学技术出版社,1997 年版

9. 胡鸿著．工艺之光·设计．杭州：中国美术学院出版社,1994 年版

10. 安毓英著．产品装潢设计百略．北京：中国轻工业出版社,1995 年版

11. 李建明自编讲义．机械产品艺术造型设计.1986 年

后　记

书稿终于脱稿了。

作者在编著的过程中，由于教学、设计、管理等工作十分繁忙，心境一直不能进入到最佳写作状态，因此拖拖拉拉写了近两年的时间，要不是在本书的责任编辑、中国轻工业出版社李宗良先生的一再催促和鼓励下，本书还不知要拖到什么时候才能完稿。在此，对李先生为本书的完成所付出的劳动表示深深的感谢，对李先生的工作责任心深表敬意。

本人在无锡轻工大学设计学院执教期间，主要从事"工业产品造型设计一"的教学，1993 年调至南京艺术学院设计分院建立工业设计专业之初，每年也都从事这门课的教学。虽然近年来以教"工业产品造型设计三"和"造型设计创意学"为主，但由于经常从事设计实践，所以对设计程序和方法也较为关注，因为应用良好的设计程序和方法，有利于设计项目的完成。

本人希望这本书对从事工业产品设计的同仁有所帮助，特别希望从事设计教育的同仁在教学中把它作为辅助教材，我想，它还是有一定教学参考价值的。

由于本人工作繁忙，水平有限，书中难免有不当之处，敬请读者批评指正。

最后，对本丛书的主编、无锡轻工大学设计学院刘观庆先生给予作者的帮助、指导表示衷心的感谢。

作　者
1999 年 12 月 22 日于南京

彩 图

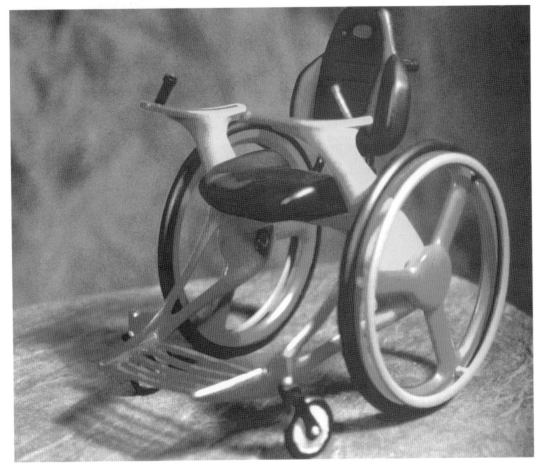

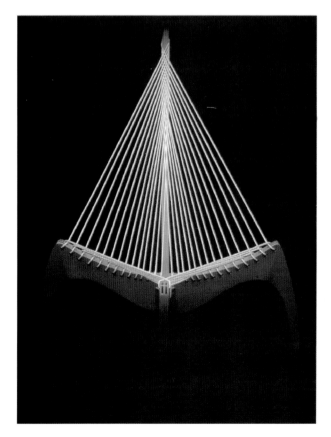

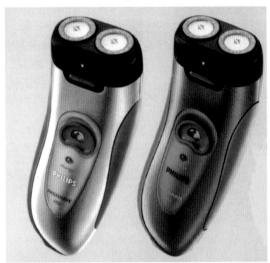

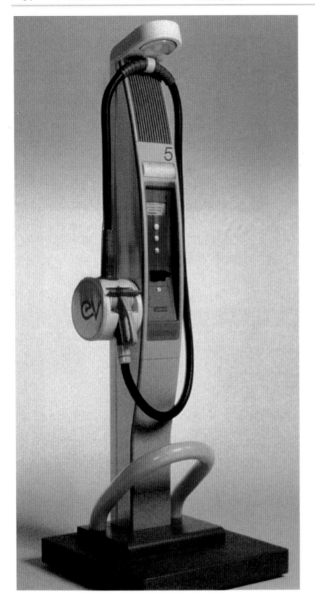

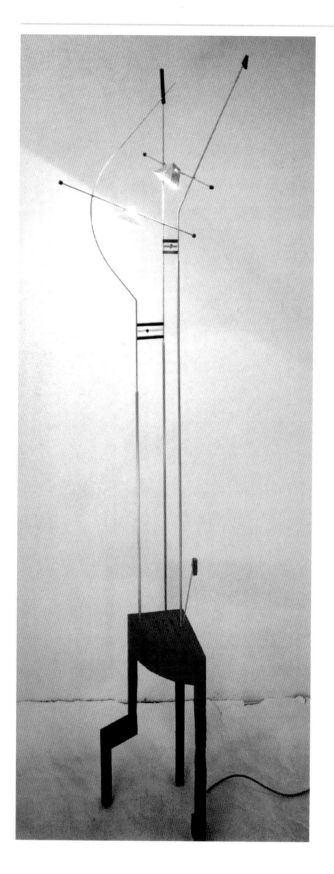

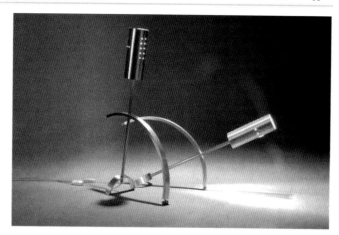

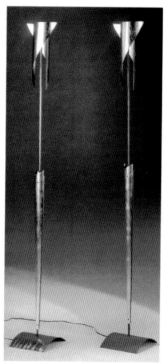

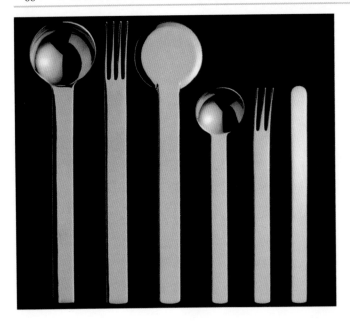

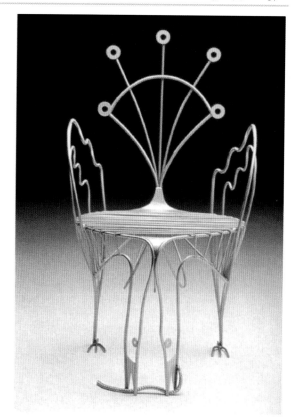

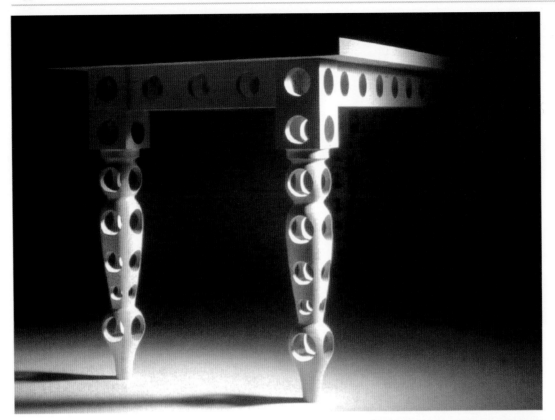

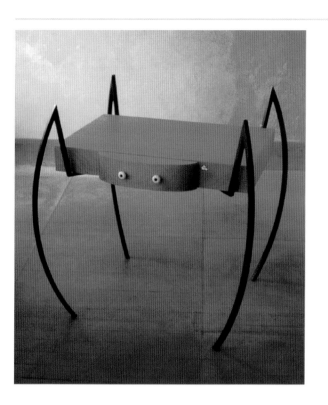

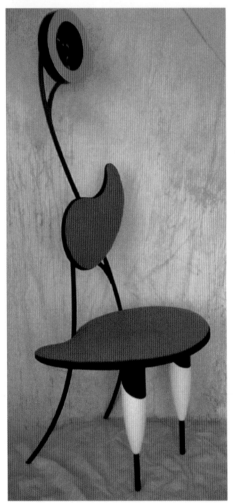

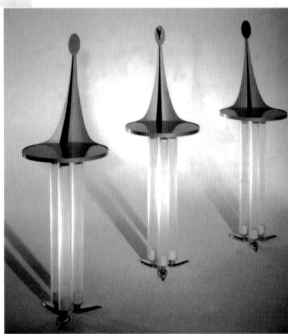

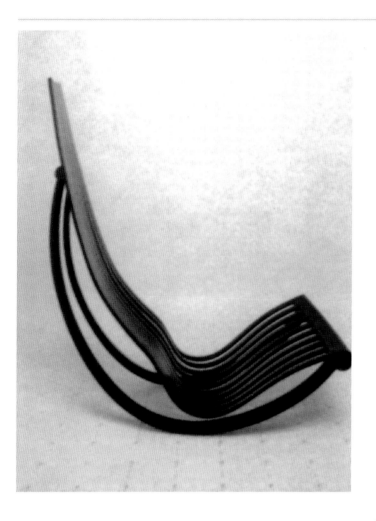